愛と憎しみ
奇跡の老老介護

阿井渉介

講談社

愛と憎しみ　奇跡の老老介護

目次

カバー・扉絵……………大高郁子
ブック・デザイン…………日下潤一

プロローグ

浪浪介護
私七十一歳
母は百歳

私は逆巻く浪を乗り越えて、はるばると老老介護にたどり着いた者です。

ある年の三月半ば、二ヵ月間の南太平洋航海を終えて帰宅してみたら、母が寝たきりになっていて、いきなり介護の真っ只中に躍り込まねばならなかったのです。

老老介護ではなく浪浪介護というわけです。

私七十一歳、母は百歳でした。

それまでは介護など、ほとんど念頭にありませんでした。

太平洋への三週間あまりの研究航海を年一〜二回、毎年のように果たしてきました。その他、日本沿海への航海や、それら航海に付随する諸々について、大体一ヵ月くらい、年間通算で三ヵ月ほどを費やしてきました。

後顧の憂いなどといったものには無縁の、お気楽な航海を十余年に亘って楽しんでいたのです。

改めて思い返せば、母が九十歳近くなってから航海を始めたのです。

いいえ、私は研究者でも学者でもありませんでした。かいつまんで、そのいきさつを述べれば……。

十数年前、還暦を目前に、私は饅頭、蜜豆、お汁粉、芋などを無理やり食べたあとのような、はげしい胸やけに襲われていました。夢は夢のままに終るのか、というのが胸を焦がす思いでした。

若年のころの夢はいろいろ様々ありましたが、とりわけ色あせず持ち続けたものの一つに「船乗り」がありました。

お断りしておきたいのですが、船乗りであって「お船に乗る」ことではありません。船客になって航海することだけなら金さえあれば（私にはありませんでしたが）、できる。そうじゃなかったのです、私の夢というのは……。

マグロ獲りの漁師として、七つの海を押し渡り、巨大な魚を釣り上げ、しぶきを浴び、世界の港々には毛髪や眼の色のちがう女たちが私を待つ……、という海の男に私はあこがれていたのでした。

ちなみに、小説家と漁師は一緒にくくられているということをご存知ですか。どこがくくっているかといえば、税務署です。

きょう大漁でも、あしたは一匹も釣れないかもしれない。今年少し本の売れ行きがよくて収入が増えたから来年も、とは限らないということで同じ枠にくくられているらしいのです。もっとも、最近は漁師も水揚げを終えたら胴巻きに札束が唸っているなどということは絶えてなく、まったく売れない小説家、すなわち私と似たり寄ったりだということですが、ともかく、そんなことにも嬉しがるほどに、私は遠い海や航海に憧れていました。

中年以後は、漁船が舞台のドラマを書くための取材とか、乗船ルポでも書くという名目で、せめて真似事だけでも、と機会を狙っていました。そして、いつかはきっとと思いつつ、ふと気がつけば還暦間近だったというわけなのです。

焦りました。

もはや本格的船乗りは無理だけれど、とにかく大洋に乗り出したい！

あがいてあがいて、グアム沖に「ニホンウナギ産卵場調査」に出る、東京大学海洋研究所（現大気海洋研究所）の学術研究船白鳳丸にもぐり込めたときには、六十歳まであと五ヵ月弱を残すばかりの瀬戸際でした。

一応、週刊誌に調査のルポルタージュを書くという名目を、額に貼りつけていました。

このときの航海は、いまも研究者たちの口の端に上るほど不漁でした。目指すウナギの卵も、その仔魚《しぎょ》一尾も獲れず、研究者たちの頬はこけ、眼のまわりに青黒いクマが浮いていました。

けれども、これは私にとっては幸運だったのかもしれません。

ウナギの卵が採れていたら、もう乗せてもらう名目がなくなります。採れなかったから、俄然私の興味も炎上し、以後十年余、毎年ウナギの産卵期になると願い出て、この研究船に乗せてもらうことになったのです。

いろいろな外国に行って、観光するのも楽しいことですが、この研究船に乗せてもらって、最大限に幸運だったのは、船で外国に行き、そこでウナギや他の魚類を採集するお手伝いをさせてもらえたことでした。

たとえば、グアム島は当時日本人に一番身近な外国でしたが、たいていの観光客は飛行機で一っ飛び、超高層のホテルに泊まり、ホテルのビーチで泳ぎ、免税店をまわってお土産を買い、ピンクに日焼けして帰ってきました。

無論、熱帯はそれだけで楽しい。

しかし、私はグアムには何度も行きましたが、一度もビーチで泳いだことがなく、ホテルに泊まったことがないのです。

ほとんどは停泊中の船に寝て、海に入ったのはウツボを捕まえるために、岩礁しかないところに潜っただけでした。

実は、ウツボもウナギの親戚の魚類で、これを研究している博士課程の学生がいたからです。グアムのウツボは、さすが熱帯、青や黄色なんかのやつもいて、しかも巨大、餌の匂いを嗅ぎつけると、沖のほうからわらわらわらと泳ぎ寄ってくる様など、まことに興味深かったものです。

グアム島のウナギは、日本にも数は少ないけれど棲息するオオウナギ（学名アンギラ・マルモラータ、と注釈を入れることができる程度に、私は門前の小僧になっています）で、これの生態観察のために、二週間近く滞在したこともあります。

ともあれ、水平線の彼方から島影に近づき、島を抱き込むような思いで眺め、そして陸に上っていく旅は、太古人々が水平線の彼方への衝動に駆られ、渚の波にもひっくり返りそうな小舟に身を託して、漂流数十日、死の境に朦朧と島影を見るときの思いを、血のざわめきの中に髣髴させてくれるものでした。

それこそ漁師や船員でなければ中々できる旅ではありませんから、私としては最大限に恵まれたという思いだったのです。

グアム島のアプラ港は一大軍港で、入港していくとき船首方向にぬっと現われた真っ黒な原子力潜水艦を見て、心底から震え上がったことがあります。船から上陸しようとすれば、鉄条網を施したいかめしい検問所で、拳銃を帯びた警備員にパスポートを見せ審査されなければならなかったのです。

船からいちいち出動して、ウナギの棲む山深い谷川に行くのは、時間の無駄です。そこで若い研究者たちは、このような場合には野宿をします。海岸の公園の四阿《あずまや》に、毎夜襲ってくるスコールを避けるために、ブルーシートに包《くる》まって眠り、横井庄一元軍曹が隠れた山野に、ウナギを追うのでした。

横井元軍曹というのは、もう覚えておられる方も少ないと思われますが、太平洋戦争終結後、二十八年間グアムの山中に暮らした、すごい人です。彼が自分で掘って潜んだ穴を再現したものは「横井ケーブ」として、観光名所になっていました。

私は年齢的には、研究者たちの父親世代に近かったのですが、若い彼らに負けじと、いくつかのグアムの川を渉猟し、潜りました。

グアム島だけではなく、パラオ、フィジー、モーリシャス、台湾、インドネシアのバリ、スラウェッシと、まさに灼熱極寒（フィリピン奥地山岳地帯はもの凄く寒かった）の熱帯と肌を接し合うことができました。国内では、沖縄の「沖縄美《ちゅ》ら海《うみ》水族館」は、その前を何十回も通りながら一度も入ったことはないのですが、そこから車で約四十分ほどの源河川《げんかがわ》の一部の川底の有様とウナギの棲息状況を、私は知悉《ちしつ》しているものであります。

蠱惑《こわく》に充ちた熱帯の自然が、いまも身内に生きていて、ときに心をスコールのように潤すことがあるのは、このときの体験があるゆえでしょうか。

……と、ずいぶん横道に逸れましたが、そうした研究船での生活と、ウナギ研究者たちとの交わりを十年余続けさせてもらえた締め括りの、南太平洋航海だったのです。

その間には、孵化直後のウナギの仔（プレレプトセファルスといいます）、そしてついには世界で初めて天然ウナギの卵を発見した瞬間にも、居合わせることができました。

さらには、それまで世界で十八種知られていたウナギの十九種目を、フィリピンの山奥、狩猟採集で暮らす先住民の集落に入って捕獲という場に立ち会うこともできました。

若年のころの夢にわずかながら達することができたのは、この調査研究隊の統轄者、塚本勝巳氏（現日本大学教授、東大名誉教授）のおかげですが、今度の航海は塚本教授の東大退官記念の航海だったのです。

出港は那覇港からでした。

そういう来し方への思いがあったためか、感傷が増幅され、泡盛がちと過ぎて、船に帰って裸で寝てしまったのが失敗でした。

出港直後から四十度近い熱を出し、インフルエンザを疑われて、医務室に隔離されてしまったのです。

自分自身ではマラリアにやられたのでは、と疑っていました。なにしろガタガタと震えが来て、手に取ったコップの水がこぼれてしまうのです。

時代劇で、行き倒れの爺さんが「み、水を、水をくだせぇ」、しかし、受け取った丼の水を震える手は持ちかねて、水はこぼすわ丼は落とすわ、大袈裟で下手糞な演技だと嗤《わら》っていたものでした。

それにしても、インフルエンザもどきに一週間も寝込むということに、老いの兆しを感じて消沈してしまいました。

七十過ぎて、なにが兆しだ、老いの真っ只中じゃないかと嗤われるでしょうか？

私はたしかに七十過ぎでしたが、実はそれまで病気らしい病気をしたこともなく、衰えの自覚もなく、一度も自分を老人と思ったことはありませんでした。前期だか後期だか高齢者と決めつけてくる役所などには、心中密かに拒否をもって応じ、映画館ではシニア料金でチケットを買わない！

だが、熱帯こそ我が故郷、赤道を越えるころには元気を取り戻していました。ニューカレドニアでは、フランスのウナギ研究者たちと合流、山岳地帯に分け入ってのウナギ採集に参加させてもらい、彼の地の渓流に潜りました。そして、フィジーに向かう船上で、母が倒れたという報に接したのであります。

第1章　うろうろ介護開始！

介護は
悔悟から
始まった

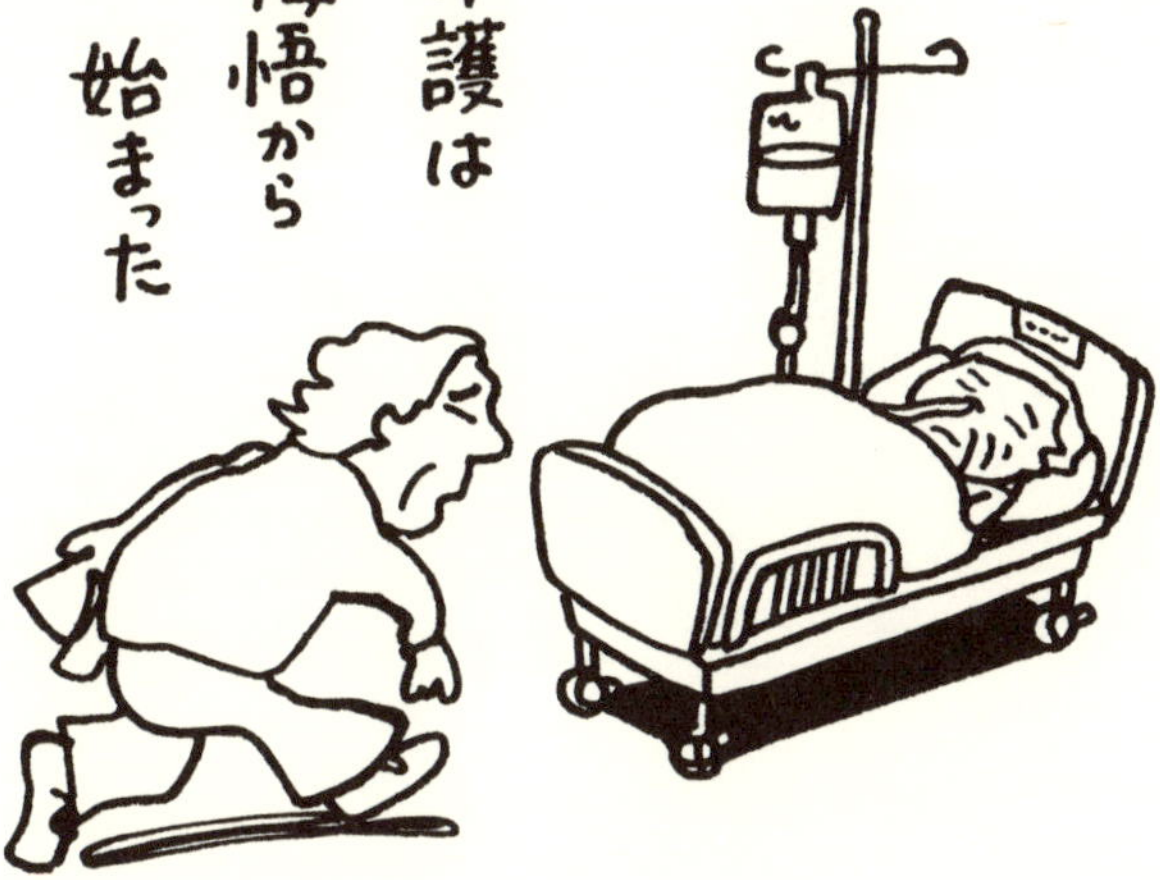

二ヵ月ぶりに帰国して、母を託した施設の部屋に入って、私は愕然、呆然、凝然の順に、感情の大波に襲われ、立ち尽くしました。

母は痩せ衰えていました。頰には百本とも思える細く長い皺が刻まれていました。私に向けた母の眼は、焦点を結んでいるのかいないのか、亡霊でも見るようにおびえていました。

実際、母は幻覚を見るようになっていて、その幻覚と帰ってきた息子と重ねておびえていたのです。

船上からの衛星通信電話でのやりとりと、施設の方から後刻聞いたところをまとめてみると……。

母は一ヵ月ほど前に、心臓に異常を来たし、航海に出る前に託していたこの介護施設から病院に担ぎ込まれました。強い心房細動があって、心停止の寸前であったらしいのです。

何十年間、ほとんど風邪を引いたこともない人でした。心臓にも、なんら問題はなかったはずなのです。元気に三十坪ほどの家庭菜園で鍬を振るっていました。

母の入院は十日間ほどで、私が船上からの電話で頼んで、退院後そのまま施設に戻しました。その後は、不整脈は出るものの、体調はやや回復していたということでした。しかし、回復は身体だけで、精神的にはずいぶん不安定だったようです。幻覚幻聴が日に何度も起きる様子だったといいます。

施設には、もともと私の航海中の二ヵ月を預かってもらう約束でしたから、自宅に介護用ベッドなどを用意し、引き取りました。こうして、私はいきなり介護という渦中といおうか、坩堝《るつぼ》といおうか、想像したこともない（想像も拒否していた）世界に放り込まれたのです。母の背中には床ずれができ、ただれていましたが、それをどうしてよいかということさえ、私は知らなかったのです。ただ、床ずれを作らせてしまうのは、介護する者の恥だ、ということをどこかで読んだ記憶がありました。

とにかく、傷口に薬を塗り、絆創膏を貼りました。あとは自己流に、傷の辺りをマッサージしました。血行が悪いから床ずれができるのではないか、と考えたのです。そして、頻繁に寝返りをさせてみました。

床ずれは一ヵ月ばかりで治すことができました。

ほぼ寝たきりで、立てなくなっていたこともさりながら、母の精神というか頭脳の惑乱に、私は呆然としてしまい、心が屈しそうになったものです。

もともとかなり頭の良い人で、口喧嘩しても一歩も引かなかった母が、あらぬことを口走る！

視線は虚空によろめいている！

私がいない、それだけのことが母の不安を、入道雲のように育て、その入道雲に押しつぶされそうになっているのです。

ああ、航海に出なければよかった！

母の側にずっといればよかった！

私は悲しみと不安に泣きたくなりました。介護は悔悟から始まったのです。

「お祖母ちゃんが来てるからね」

「お祖母ちゃん、て？」

私と母のあいだで「お祖母ちゃん」といえば、母の母のことです。私はその「お祖母ちゃん」つまり私にとっての祖母のことかと思いました。しかし、その祖母だって四十年くらい前に亡くなっているのです。

母の言っていたのは、母の祖母のことだとわかりました。

その「お祖母ちゃん」がベッドの裾のほうに来て、座っている、という妄想がどういうわけか、母には何度も浮かんでくるようでした。

そして、私にもてなしてくれ、と言うのです。母のベッドの裾に現われたという、私にとっての曾祖母は、明治の初めの人らしいのですが、写真でちらっと見たことがあるような気がするだけの存在でした。

「もてなすって、どうすりゃいいの？」

「お茶を出して」

「そんな人は来ていないんだよ。夢を見たんだよ」

「そこに座っているよ」

「いないよ、よく見てごらん」

私は強く言いました。

ボケた母を見たくないという気持が昂じて、ことさらに険しい言い方になっていたかもしれません。

母は顔を起こし、将来の介護のためにとフローリングに改修してあった八畳間を見渡し、けげんそうな表情になりました。私はそれが妄想であることを、ここぞと説くのです。説くうちに、馬鹿馬鹿しくなり悲しくなり、また大きな不安に襲われたものです。どうしていいのかまったくわからず、まさに日暮れの道に、母と手をつないで立ち尽くしたのです。

ろうろう介護ではなく、うろうろ介護の開始でした。


十数年前、私が長い航海を始めたとき、母は一言も不平不満を言おうとはしませんでした。元々、子に対して不平不満を言わない人でしたが、この航海を始めるときは不平不満どころか、是非とも行ってこいと勧めてくれたものでした。

私は二十代のころ、一度しゃにむにマグロ漁船に乗り組もうとしたことがありました。

当時マグロ船の航海は危険なものだったからでしょう。母は強硬に反対し、ついに私は屈しました。いまはそのことを後悔しているから、とも母は言い添えてくれました。

「やりたいことがあったら、できるだけのことはしてあげる、思い切りやりなさい」

これはこと航海だけではなく、物心つくころから、母は終始一貫そう言ってくれるのが常でした。そして、倅の進路にほとんど口出しをしませんでした。私が大学に進むことができ、曲がりなりにももの書きになれたのは、この母がうしろで支えてくれていたからだったのです。

九十歳間際の母を独りにして、航海に出ることができたのは、母がそれだけ健常で、さしたる心配がなかったからでもあります。当時、二キロ離れたスーパーマーケットまで、歩いて買物に行くことさえあったし、バスに乗ってあちこちでかけてもいたのです。

とはいえ、我ながらひどく子供じみた夢のために、高齢の母を独り残して行くのは、さすがに気が咎めました。

けれども、母は笑って言いました。

「あたしのことを案じて行きたいところに行けないなら、それはあたしにとっても不本意なことだからね」

「帰ってきたら、お母さんが亡くなっていたんじゃ、世間体も悪いよ」

「いまごろ世間体を取りつくろっても遅いんじゃないの？」

「そりゃあそうだけど……」

「そんな簡単には死なないよ。でも、仮にそうなっても、お互いに後悔はないということで航海してきてもらいたいね」

「じゃあ、ちょっと行ってくる」

そんなふうでした。以後十余年にわたり、母の態度はまったく変らず、いつもさりげなく送り出してくれたものです。私が不在のあいだは、たった独りで気丈に暮らしていたのです。

しかし、さしもの母も、少しずつ体力が衰えていました。

二年ほど前からは、頼まれて、買物には車で送り迎えすることもありましたから、航海のあいだは老人介護施設のショートステイに預かってもらうことにしたのです。

介護保険制度の世話になるため、認定を受けていました。

二年間に「要介護1」から「要介護2」には進んでいましたが、これは介護度が上がらないと、施設に預かってもらえないのではという危惧から、認定調査員さんや医師の聞き取り調査のとき、少し大げさに状況を申告したためでした。

母にも、あまりしゃきしゃきした受け答えをすると認定されないかもしれないからと、いつもよりはゆっくりと気だるそうに動いたりしゃべったりするように言っておきました。しかし、実際には、母は緊張してふだんより活発に動き、会話していたほどです。

私は、認定されないんじゃないかとハラハラさせられ、医師や認定調査員さんに見えないように、母の背中をつついたりしていました。

私は母の足が弱ることを恐れ、施設のベッドの上でできる体操を、絵に描いて壁に貼り、毎日十五分ずつ、最低二回、できれば三回四回やるように言い残しました。職員の方にも日々、歩行練習をさせてくれるよう頼んでおきました。母も私も日常のこととして、航海に出たのは、このような状態においてだったのです。

それが……。

帰ってきて察したのは、自分でやる体操などまったくやっていなかったということでした。あとになって、施設の職員による歩行練習も、全く施されなかったこともわかりました。

母の幻覚や妄想はバラエティーに富んでいました。聞いていると、面白いものばかりでした。

幻覚や妄想の合間には、それが生まれてきた土壌というか、私が歴史としてしか知らない、実際の出来事などもはさみ込まれました。

大正から昭和初期の、日々の細々としたところに、少女が肌身で接した体験談が多く、たいそう興味深く聞くことができました。聞くだけでなく質問をはさみ、すると母もまた熱心に話し込んでくれたのです。

関東大震災のとき、裏にあった寺の大きな松の木の下に逃げ、向うの長屋の屋根が大蛇のようにくねくねとのたうつようだったこと……。

昭和の大恐慌のときの困窮……。

二・二六事件のこと……。

母は昭和十五年に結婚し、中国の北京に渡っています。そのころのことも、ぽろっと漏らしてくれたものです。

「中国人の挨拶は、こんにちはじゃない」

「どんな挨拶」

「ご飯食べたか」

「うん？」

「下層の人たちは、三度の食事がままならなかったからかねえ」

「心配し合ってるわけだね」

「どうかねえ、ご飯は往来から見えるところに出てきて食べているんだよ」

「なぜ？」

「ご飯が食べられることを見せるためだよ」

「へええ」

しまった、と私は何度も思いました。

もっと早く聞いておくのだった。そうしていたら、ずいぶん小説のネタを仕込めただろうに……。

そのような古い体験を語るとき、幻覚はまぎれ込んではきませんでした。

そして、そうするうちに幻覚や妄想が起きることが少なくなっていくようでした。つまり、母は話すうちに現実への認知を回復し、精神や頭脳の機能も正常になっていくように観察されたのです。

しかし、そうした幻覚妄想は、介護の中では、むしろオアシスのようなものかもしれないと、いま思います。介護とは、つまるところ下《しも》の世話だと、私は思うものです。

いささか性急かも知れませんし、ちょっと話の順序が前後しますが、介護の芯といいましょうか、本質に迫るのではないかと思われる、このことについて触れてみましょう。

母は便秘症であったようです。

元気なころは、そんなところに話題が行くことはなかったし、私はあまり関知することはありませんでした。しかし、そのころも、ゆるやかな下剤を使うことはあったようです。

私が、航海の寄港地だったパラオから、木の葉を乾燥させたものだという下剤を買って帰ったこともありました。もっとも、これは気味悪がって飲まなかったようですが……。

母は、二ヵ月の航海のうちに寝たきりになった、その間のどこかで下剤常用になったと思われます。

というのも、病院や施設では何日間か排便がないと下剤を処方するらしいのです。それが癖になっていたのではないかと思います。

自宅に帰ってからそのことを知ったのですが、私自身は快便でありましたから、下剤の種類や使い方がよくわかりませんでした。
二、三日排便がないと、ゆるやかな下剤を服用させるという、介護施設（ショートステイ）での使い方を踏襲することにしたのですが、なかなか思うようには排泄してもらえませんでした。一週間以上停滞し、トイレに連れて行くと、どっと一気にということが多かったのです。そのような場合には、トイレを汚すこともありました。
便秘の原因としては、トイレにあまり行きたがらなかったことも数えられるかもしれません。行くにしても、独りでことを済ませたがりました。無理もない、だれだってあそこには独りで行きたいでしょう。

実はすでに、私は納戸を介護用トイレとバスに改造していました。

そのころはまだ摑まり棒など邪魔なだけだと思いましたが、「お母さんにしろあなたにしろ、入浴に介助が必要になるかどうかわからないけれど、いずれ入浴が楽になることは請け合いますよ」と、人にすすめられてその気になったのです。

人というのは、研究船に乗り組んだときの若い友人でした。

彼はウナギ研究のため、一年間毎月一週間ほど我が家に滞在し、付近の海でウツボを採集していた、東京大学大学院博士課程の学生だった人でした。ウツボはウナギの濃い親戚なのです。彼は博士号を取るや、研究者にはならず、一転株の売買を始め、大金を稼ぐようになったらしいのですが、やがて不動産の仕事も始めていたのです。

その彼が、工事業者を紹介してくれたのです。廊下より十五センチほど高かった隣の和室八畳間を、バリア・フリーというのか、廊下と同じ高さのフローリングに張り替えてもくれました。

そこが母のベッドルームになりました。

「お母さんの食事は旨い」

これが彼の母への謝恩の源でした。

私が不在のときも彼はわが家に泊まっていましたから、その食事の世話を母が買って出ていたのでした。婆さん料理が口に合うとは変なやつだなと、私はからかったりしていましたが、母も孫を見るように彼を見ていたのでしょう。

この改造を、母はことあるごとに「よくやっておいてくれた」と、感謝してくれましたが、実は母の徳に、その若い友人が感じ入って強くすすめてくれたのですから、母自身が改造したようなものだったのです。

そういう介護用トイレでしたが、「下の世話を他人にしてもらうくらいだったら、切腹するよ」などと、元気だったころの母はうそぶいていましたから、トイレに連れて行ってもらうことさえ不本意だったのでしょう。

私も下の世話をすることだけは、ご免こうむりたかったから、ケアマネージャーさんに頼んで、ヘルパーさんに毎日二回、朝八時半と夕方五時におむつ換えに来てもらうことにしていたのです。

「娘さんならまだしも、息子さんが下の世話をするということは、なかなかねえ」

ヘルパーさんからも同情を示していただき、私は本当に助かったという思いでした。

ヘルパーさんは換えたおむつを新聞紙にくるんで便器の横に置いていってくれます。私がそれをビニール袋に回収して、ゴミの日に出すという段取りでしたから、洩れいずる匂いで、おむつ内に大便も漏らすことがあるとはわかっていました。

けれども、最初の遭遇はショックでした。

ある夜、物音に目覚めて、母の部屋に行ってみると、母は途方にくれたようにベッドに起き直っていました。使い捨てのおむつはほどけて外され、内容物がベッド上に散乱（というほどではなかったのですが、そのときはそう見えてしまいました）していました。

「わあっ」というような声を、私は上げたかもしれません。

「どうしたの」と言いましたが、こうして文章にするとき、その末尾に付すマークは「？」でなく「！」だったことを白状しなければなりません。

「トイレのときは、たとえ夜中でもぼくを呼ばなきゃ駄目でしょう！」

「でも、自分でできると……」

「できるわけないでしょう」

どうしてよいかウロウロする思いでしたが、とにかく風呂場に連れていきました。春とはいえ、夜中の風呂場は寒かったので、まず熱い湯を出して、風呂場用椅子を温めました。そこに座らせ、洗い流しました。

この椅子の使い方もよくわからず、母のお尻に当てたシャワーの湯が撥ねて、私の顔を直撃などしてきました。

母のお尻から太腿にかけては、痩せたためか、皮膚がたるんでひだが幾重にも垂れ、まるで鍾乳洞のようでした。航海の前よりずいぶん痩せたとは思っていましたが、それがそのような形で見せられると、心が痛む前に醜悪さを感じてしまっていました。いや、そんなことより洗いにくくて困りました。

なんとか洗い終え、ベッドのシーツを換えました。シーツの下には、このようなときのために、ビニール製のシーツがもう一枚敷かれていましたが、それにも少し黄色い斑紋が生じていたので、予備のものと換えました。

母は疲れているようでしたし、私も疲れ果てていました。

シーツはおむつと同じビニール袋に捨てました。

母には、翌朝にも、「トイレに行きたくなったら必ず知らせるように」と命ずるように言いました。

母は無表情にうなずいていました。

だが、一週間もたたないうちに、同じ状況に陥ったのでした。今度は、母がベッドから降りようとしたため、床にまで汚物がこびりついていました。

私は自制が利かず、かなり強い口調で叱りつけてしまいました。

そして、また数日後の夜中、物音に目覚めて母の部屋を覗くことになりました。臭気で、なにが起きているかわかりました。

ベッドの上に起き直っていた母のまわりに、ほどけ外されたおむつと便は、前回前々回より派手に展開していました。私はまだ半睡状態でしたから、大きな声を上げてしまったと思います。

「またあっ！」

そして、私を見た母の顔を、眼を、私はこれから先、多分死ぬまで忘れることはできないでしょう。思い出すたびに、血の出るほど自分の心を鞭打つでしょう。

母はおびえきっていました。

幼児が、降りしきる雨の路上に放り出されて、寒さや孤独に震えているように、母はそこにいました。頼りを失って、その頼りを虚空にさがしていました。

その頼りとは、私なのです。

その私が怒声を発したのです。

母の絶望はどれほどのものだったか……。

私は悟りました。

おむつの中に漏らしてしまって、母は私にまた叱られると思い、なんとか自分で始末しようとおむつをほどいてしまったのです。途中で、私が起きていってしまったので、羞恥と当惑にまみれ、座っているしかなかったのでしょう。私の怒りを、おびえながら迎えようとしていたのです。

しまった、と私は思いました。

ほぞを噛む思いと、母への憐憫で心が絞り上げられました。

怒ってはいけなかったのです。

絶対怒ってはいけない、ということは介護に関する聞きかじりとして知っていたのではなかったか。

介護を三日もすれば、その理由にも思い当たります。

にもかかわらず、怒ってしまった。なんという愚かで心ないことをしてしまったのだろう。

けれども、過ちては改むるにはばかることなかれ！

私はただちに懸命に笑って見せました。

「あはは、またやっちゃったね。いいよ、いいよ、いまきれいにしてあげるからね」

自分の頭を壁にたたきつけたいほど、私は後悔していました。

排便などという、二、三歳以後は自分で制御できていたことが、できなくなった！　もらしてしまった！

そのショックは、ボケてしまってモーローとした意識の中にさえ烈しく響き、ひどく臆してしまったのではないでしょうか。だから、おどおど処理しようとして、かえって事態を悪化させてしまったのでしょう。

本格的にボケてしまった人は、自分の糞尿を手でもてあそぶことがあるといいますが、それも心理の深みで通底するのではないでしょうか。

こっちがボケていないなら、それくらいはわかってやらねばならなかったのです。

私には、汚物の処理は、罪ほろぼしの手段を与えられたかのように思え、むしろありがたいことに感じられてきました。処理しているうちに、滞っていた便が出たことを喜ぶ気持にさえなっていました。

これを機に、敬遠していた下の世話がまったく平気になりました。

とはいえ、今後のことを思えば改善策を考えなければなりません。

糞便の繊維質が風呂場の排水口の網目に詰まって、浴室の床に水がたまってくることには、やはり閉口するだろうからです。

できうべくんば便は便器に流したい。

便秘気味の母に下剤を使うのがよくないのではないか。

ヘルパーさんなどに尋ねて整腸剤を服用させたり、麦の実の粉末を飲ませてみたりしましたが、あまり効果がありませんでした。

結局、二、三ヵ月かかりましたが、リンゴ、ミカン、バナナ、マンゴー、パイナップル五種混合の生ジュースを作って、毎朝飲ませることで、無理なく定期的な排便がもたらされる状態を招くことができました。

定期的というのは、四、五日ごとということです。普通の人だと、ちょっと苦しくなる間隔かもしれませんが、長年の便秘症で排便サイクルが、そのようになってしまっていたのか、その間におなかが張るといった不快感はないということでした。

母には便意をときどき尋ね、便通があると大袈裟なくらいに喜んで見せました。

排便を人前でしなければならないことが苦痛で、それがベッドの上の不祥事にもつながっていたようです。老いには赤ん坊への退行のような面が現われていましたが、赤ん坊のように排便を恥じず、むしろ喜ぶようになって欲しいと、私は考えたわけです。

私が仕事などで上京しなければならないときなど、短期間母を介護施設に預けることがありました。帰って来て、迎えに行くと、まず真っ先に便通があったことを報告してくれるようになりました。

「出たよ」

「おう、お母さん、よかった、よかったね」

そして、自宅にいるときも、はばからず便意を伝えてくれるようになりました。すると、私は嬉々として（見せ）母をトイレに連れていくのでした。

初めは嬉しそうに見せかけていたのが、段々実際にも嬉しくなっていきました。

それでもやはり、母は「厄介なことだねえ」と、嘆いていました。

自分が用を足すことが面倒臭い、厄介だ、という意味だろうと、私は思っていました。しかし、それは「厄介かけてすまないねえ」という気持を込めた言葉だと次第にわかってきたものです。

元々、母はひどく照れ臭がりで、身内のものに自分の感情をなかなか素直には表現しない人でした。

テレビの画面に私の名前が、脚本家として一枚看板で出るようになったときも、まったく喜ぶ素振りを見せませんでした。小説の新人賞を貰ったときも、知らん顔でした。本当は、いつの間にか選考の日を知っていて、近所の神社にお参りして、私の受賞を祈願してくれていたようです。

私はあとから母の妹に聞いて、それを初めて知りました。

私はびっくりしました。

母は、その父親ゆずりの、「神も仏もあるものか」主義の人だったからです。先祖の墓前や神社では、世間並みに礼節を示すものの、神や仏が人間を助けてくれるなどとは、決して考えてはいなかったはずなのです。

「ありがとう」

母が初めてそう言ったときには、聞き違えたかと思ったものです。なにをしてやったときだったか、多分下の世話を終えたとき、小さくつぶやくように言ったのでした。

子供のころから、なにか用足しをしてやっても、「ありがとう」と言われたことはありません。当然のことをして、感謝を求めるほうがおかしいと、いつの間にか思うようになっていました。だから、この「ありがとう」には違和感さえ感じたものです。

しかし、一回言ってしまってみれば、あとは楽になったのか、しばしば「ありがとう」を口にするようになりました。それまでも日に二回おむつ交換に来てくれるヘルパーさんには、きちんと謝意を伝えているようでしたから、その続きで私にも言えるようになったのかもしれません。

そして、言われてみると、私はしみじみと嬉しくなりました。それどころか、私のほうから母に「ありがとう」と言いたくなったものです。介護をさせてくれて「ありがとう」と……。実際には、照れ臭くて何も言えませんでしたが……。


「ありがとう」どころか、「命を救われた」と言ってくれたこともあります。

自宅の廊下で、私の腕にすがらせ、歩行練習をしているときでした。

「ああ、お母さん、ずいぶん回復したねえ」

私がそう言ったのは、歩行ということについてです。

寝たきりだったのが、日に日に体力も回復してきたので、私は母に再び立ち、歩く訓練を、毎日一時間ほど施していました。両腕を支えて立たせることから始めて、向かいあって互いに両手の指を鉤状に引っ掛けあって支え、そのまま歩かせるところまで進みました。そして、短い距離なら、私の腕なしでも歩けるまでに回復していたのです。（このことは、あとでまた詳しく述べたいと思います）

「あんたに命を救われたよ」

両腕を支えて廊下を歩かせているときでした。うつむいた母の顔の下から出た声が、そう言ったのです。

「お母さん、なにを大袈裟に……」

私は照れ臭い中にも、嬉しくて涙が出そうになりました。

母は自分が心臓発作を起こし、入院したことを、はっきりと記憶はしていませんでしたが、なにか病気にかかっていたというふうには思っていたようです。ベッドに寝ているあいだには、くり返して「この病気は……」と洩らしていました。歩けるようになって、その「病気」から回復しつつあり、命拾いをしたというふうに思ったのでしょう。

実際、そのころにはもう心臓の発作を起こす気配もなくなっていました。

しかし、それだから「命を救われた」というのではないようでした。

こうして息子の腕にすがって歩くことができる、そのこと自体が「命を救われた」というほどの安堵になっていたのだと思うのです。

施設の部屋から病院の病室へ、そしてまた施設の部屋へと戻された、その間の私の不在が、どれほど母にとって心細いものだったか、「命を救われた……」という言葉から汲み取り、私は改めて自分を恥じ、自分を責めるところがありました。

母の介護に間に合ってよかった、と心の底から思いました。介護の介という字の由来は知りませんが、私には、頼りなく両手をたらし立ちすくむ人の形に見えます。護の形は、それをがっちり支えて立つ者に見えます。

私は少年のころファーブルみたいな昆虫学者になりたいと思っていました。ダーウィンにもあこがれました。ダーウィンの肩書きは博物学者です。博物というのは、あらゆる自然存在のことで、その学者とは動植物から化石や鉱物までを興味がおもむくままに研究する人です。

ダーウィンの場合、ビーグル号での航海に際しては、南米のどこかに入港するや、さっさと下船して、次の寄港予定地までアンデス山脈を越えて旅をしたりしています。途上の見聞に基づき、政治にまで考察を及ぼしているのです。

なんというらやましい生き方だろう！

ただ好き放題に飛んで歩いてることが職業になるなんて！

こんな結構な職業はない！

これに限る、と中学生くらいでちゃんと自分の将来を決めました。

ところが、高校生になると、生物学者になるためには数学ができなければダメだと知ることになりました。

オカピのような珍獣を発見したり、アマゾンにピンクのイルカを追う、あるいはフンコロガシが糞を球にして運ぶのを、顎を地につけて見守るために、なぜ数学が必要なのか？

理不尽きわまるではないか⁉

ちょっと数の多い計算には、指を折らねばならぬ私は悲憤慷慨し、勉強が手につかなくなってしまったのです。

数学への努力?

私、そういうことには縁なき衆生《しゅじょう》であります。

ところが、冒頭に触れた研究船に乗ってみると、あろうことか周囲全体が理系人間でした。しかもほとんど全員が東大の大学院生以上、修士課程が最下位で博士課程、それを越えてポストドクター略称ポスドクという助手（現在の助教）狙いの予備軍、助手（助教）、講師、助教授（准教授）、そしてトップは当時の東京大学海洋研究所の塚本勝巳教授なのでした。

雑魚《ざこ》のトト交じりどころか、ウナギの養殖池に入り込んでしまったミミズでした。いつ食われちまうかわからんと、与えられた船室の二段ベッドに縮こまっていたものです。

ところが、ほどなく、ウナギ研究では世界的権威である塚本教授とその一統が、極上の人々であることを知ることになりました。

昔日、無理してでも生物学者、博物学者を目指し、達成できていたら、このような一級品の人々に交じれたのだなあ、と改めて感慨にふけったものです。

ウナギ産卵場探究への興味はもちろんですが、このご一統さんへの深いあこがれが、その後十余年間、毎夏、研究航海への同行をお願いする、一番の理由になりました。

島一つ見えぬ洋上を航海したいという夢は充分に叶えられ、多くの豊かな余剰産物を私に与えてくれました。航海そのものも、想像以上に素晴らしいものでした。

困ったことが一つありました。

食事のカロリーが高すぎるのです。

乗り組んでいる青年、壮年に合わせてのものですから、コッテリ、ギトギト系のおかずが多いのです。

太らないように、私は歩きまわり、腕立て伏せなんかもしていました。

四千トン、五階建ての構造を持つ船でしたから、甲板は広いし、階段も豊富でしたが、若者に負けじと食べたので、下船のときはいつも太っていました。

母の介護を始めて三ヵ月で、体重は四キロ減っていました。人に言われて初めて、自分の頬がこけているのに気がつきました。おまけに右腕と右手に腱鞘炎を起こしていました。

腱鞘炎の主な原因は、母をベッドから椅子に、椅子からベッドに移すなどという仕事だろうと思いますが、それに加えて、家事もありました。

母にやってもらっていたころ、洗濯は洗濯機がやってくれるのだから、楽な仕事だと思っていました。ところが、これが結構ハードなものでした。

自分のシャツや下着などに加え、母が着たものと、母の介護に使ったタオルが一日に六枚、日によっては八枚くらいありました。洗濯は三日に一度と決めましたが、それでもそのたびにタオルだけで十八枚から二十四枚、雨など降った日は、コインランドリーまで行って乾燥させていました。

夢中で、あまり自覚していませんでしたが、介護は重労働だったのです。

母も気づいたのでしょう、しきりに私の健康を気遣ってくれました。私が病気にでもなったら、共倒れはまぬがれません。母の食事には気を遣っていましたが、自分の食事は母と同じ老人食では物足りず、コンビニ弁当などを加えていました。健康に良くないとは思いましたが、自分の食事を考える余裕もなかったのです。

食事の支度、そして家事がこれほどに手間のかかる、時間のかかることだとは思いもしませんでした。

あとのことになりますが、母がヘルパーさんに私のことを話しているのを漏れ聞いたことがあります。

「自分の箸も洗ったことがない子だったのに、いまは食事の支度をしてくれる」

「子」には、苦笑してしまいましたが、百を過ぎても母は母、七十歳を過ぎても子は子なのです。

そういえば、母が達者なころには、呼ばれて食卓に着き、新聞を読みながら食べ、食べ終えればさっさと立って、テレビの前か仕事に戻るというふうでした。それが長い習慣で、悪いことだとか済まないことだとは、まったく思っていませんでした。

短い期間でしたが、私が結婚して、まだ元気だった母と同居したこともありました。その間は、母も食事の支度をせずにすみ、いわば上げ膳据え膳の身だったのですが、それが母にはむしろ苦痛だったようです。たとえば、大根一本切るにしても、無駄を出すような切り方をされ、妙に凝った味付けをされることに強い違和感があったようです。

　結婚の相手が風呂吹き大根を作ってくれたことがありました。作っておいて、里帰りしたのですが、跡を見ると、笊《ざる》にふやけた米があって、それは磨《と》ぎ汁で大根を下茹でするためのものだったらしいのです。

　厚く剝いた皮も残されていました。

　料理本も開かれたままありましたから、つまりは本格的に作ってくれたのでしょう。しかし、大根の皮と濡れた米には、心を屈せさせられました。自分だけでなく、母もこれを見たかと思うと、たまらない気持になりました。

「もう、食べたか」という電話が、帰省先から掛かってきました。

「まだだけど、あの米はどうすればいいの」

「お米？　ああ、あれは捨てていいのよ」

「そう」

「一生懸命作ったんだから、早く食べてみてね」

　電話は翌日にも掛かってきました。

「……、ところで、お大根食べた？」

「おいしかったか訊いているのよ」
「どうって……?」
「張り合いのない人ね、おいしかったか訊いているのよ」
「おいしかったよ」
「ああ」

電話を切ってから、私は米を炊いて、風呂吹き大根を食べました。母は大根を煮るのに皮を剝きませんでした。しかし、母の料理は旨い、と改めて認めなければなりませんでした。

私の料理は、この結婚相手以上に材料に無駄があり、味付けも良くはなかったと思います。当然、母には不満があったでしょうが、「自分の箸も洗ったことがない子」が作ってくれたことに感じるところがあったのか、不足や不服を言われたことはなく、毎食、「おいしそう!」「おいしい!」と嘆声を発してもらえました。

実際のところ、仕事の合間に食事の支度をし、あとかたづけをすることには、ずいぶんと負担を覚えました。

仕事というのは、私の場合文字を書くことですが、書くときばかりではない、ちょっと大げさに言えば、四六時中いま書いていることについて考えています。

ですから、食事の支度に時間を割かなければならないということもさりながら、朝食には何々を食べさせ、夕食には何々を供するか思い巡らす、そのことがわずらわしく、それこそ「箸を洗ったこともない」ころが懐かしくてならなかったものです。

朝食は施設ではパンだったから家でも、と母に言われパンが多かったので、ひと手間助かりました。お湯を注げばできるインスタント・スープも思っていた以上においしく、コンソメからトマト味、クラムチャウダーなど種類も豊富でありがたい食品でした。あとは一袋百円のキャベツの千切りにアボカドやトマトをあしらい、ドレッシングを掛けるサラダ一鉢です。このドレッシングにも種類が多く、和風、中華風、紫蘇の香、柚子の香、バラエティーに富んでいて、朝毎に替えていけば、連日の野菜サラダに飽きが来ません。中でも胡麻だれが母の好物でした。

加えるにオムレツ、これで四位一体の朝食でした。

実は、それ以外になにを作っていいか思いつかなかったのです。

思いついても、どのように作ればいいのかわからなかったのです。

箸を洗ったこともありませんでしたが、卵のパックの開け方を知らなかったことには、我ながら呆然としました。パックの一方にはファスナーのようにビリビリと一気に破ることができるミシン目があることを、私は知りませんでした。反対側を無理やり破ったり、はさみで切って卵を取り出していたのです。

オムレツはチーズを入れたり、マッシュルームを刻み込んでみたり、そういったところで変化をつけるしかありませんでした。

けれども、食べたことはあっても作ったことはなく、ふっくらとして両端が細まるオムレツの形になるのに時間が掛かりました。失敗をごまかして、「マッシュルームと卵炒め」とか「チーズと卵炒め」になってしまうことも度々でした。

「上手になったね」

ようやく母がそう言ってくれたのは、三ヵ月ほども経ってからでした。

家にいるときは、八時半にヘルパーさんが来てくれることから、朝食の時間は九時半ころになることが多く、ゆっくり食べてお茶を飲んでいると十時半ころになりました。当然、昼食の時間になってもお腹が空いてはいず、そこで二時半から三時のあいだにおやつということにして、昼食抜きが定例になってゆきました。

母は甘いものが好きで、特に餡子《あんこ》の菓子に目がありませんでした。しかし、私は数十年来甘いものを食べたことがないのですから、初めは菓子屋に行っても、とにかく値段の高いものなら旨いだろうというくらいの見当しかつけることができませんでした。おやつとして食べる量は、どのくらいが適当なのかもわかりませんでした。図体だけがやたらでかい饅頭を買って帰り、もったいながり屋の母の眉をひそめさせたこともありました。

量とか甘みの加減について、母の好みを摑むことができたのは、やはり三ヵ月ほど経ってからでした。

お茶に関しては、初めからいいお茶を飲ませてやれました。というのも、母も私もお茶が好きで、毎年大井川中流・川根の、ごく上質のお茶を生産している農協に、わざわざ買いに行くほどだったからです。

「酒は金がなくなれば安酒にして苦にはならないが、お茶はひとたびいいやつを口にしてしまうと、落とせないものだね」

そう言っていたのは、私のシナリオの師匠だった故石堂淑朗ですが、そういうものかもしれません。

さて、そして夕食なのですが、これには本当に頭を悩ませました。

私は箸も洗いませんでしたが、日常の食べ物に関しては、うるさいことを言わない者でした。出されたものを黙って食べ、旨い不味いは言わないのです。

しかし、一生を通じて粗食に甘んじてきた母には、とにかく旨いものを食べさせたいと思いました。

母は、昨日の夕食になにを食べたか、ほとんど憶えてはいませんでしたが、だからといって毎日同じものを食べさせるわけにはゆきません。私も忘れてしまいがちでしたから、「食事録」というノートを用意して、日々の食事内容を記録し、なるべく同じものを続けて供さないようにしました。

私はスーパーの売り場をほっつき歩くようになりました。鵜の目鷹の目でさがしたのは、次の三条件を満たす食品でした。

一、母の好きなもの
二、栄養のバランスが取れるもの
三、調理の容易なもの

あれほど広いスーパーの売り場が貧弱に思えるほど、三条件を満たす食品は限られていました。

せめて一週間、同じ献立は出すまいと思いましたが、これがどのくらい困難なことか、身に沁みて知りました。というのも、三条件の三番目が、とりわけ立ちふさがってきたからです。

たとえば、豚肉を買おうとする。

焼くのか、煮るのか、と考える。

焼くにせよ、煮るにせよ、母の料理には野菜が一緒でした。

では、豚肉とともに焼いたり煮たりする野菜はなんだろう？

まずはキャベツでしょうか。

キャベツもサラダ用に極細切りされたやつではだめです。炒めているうちにべたっと一塊になってしまうからです。

球一個か半個を買ってきて、適当な大きさに刻むことの困難は、最初の試みで思い知らされていました。てんでんばらばらの切りくずになって、食べにくいことおびただしかったのです。

時間も掛かりすぎる。

では、タマネギか？

切っていると、涙が出ました。

最近のタマネギは、あまり涙が出ないように改良（？）されていると聞いたことがありましたが、出ました。

それには耐えるにしても、輪切りにするか、たてに切って笹の葉状にするか、いずれにしてもつるつる滑って、危険この上ない。タマネギを使うなら、四分の一か八分の一に切って放り込むくらいしかできないが、手早くしようとすると味が均等に染《し》みず、固かったりする。

敬遠！

ジャガイモと一緒に煮るのは、普通は牛肉でしょうが、拙宅では家計を思ってでしょう、いつも豚肉でした。それでも、母の作ったものはとても旨かったから、私も挑んでみようとして、はたと困りました。

ジャガイモは皮を剝かなければなりません。

私はもの凄い不器用男なのです。

包丁で剝いていたら夕食時間に間に合わないし、皮の量と実の量が同じくらいになって、途方もなく不経済になってしまいます。ピーラーという手も知ったのですが、あれは穴や凹んだところが剝き残り、包丁でほじり剝くという二度手間を必要とします。なにより、ピーラーは切れすぎます。皮を剝いて勢い余った鋭利な刃が食い込んだ指の傷跡は、まだピンク色なのですから……。

キャベツ、ニンジン、タマネギ、ピーマンなどを刻んだ一袋をスーパーで発見はしましたが、このキャベツはちゃんと農薬を洗い流してから刻んだのだろうか、外国の農場から送られてきたやつの、表の汚れた葉を何枚かむしっただけで、刻み機械に放り込んでいるのではないか、と疑って家でもう一度洗ったりしました。

なにしろ母は農薬をいやがって、ついには自分で畑を作り始めたほどなのです。私の健康を気遣ってくれたからです。そういう母の食卓に供するものなのですから、なるべく、無農薬の野菜を食べさせてやりたい。

とど、豚肉調理はあきらめざるをえなかったのです。

ついに、私はお惣菜売り場に行きました。

お惣菜売り場があり、そこには家庭料理風のおかずが数々並んでいるのを知ってはいました。しかし、そこに並ぶおかずを買おうとは、まったく考えたこともありませんでした。

母がそうだったからです。

うちで作ればずっと安上がりに、ずっとおいしくできる、というのが理由だったようです。

初めのころ、私は母にならって、手作りを試みました。

シチューを作りました。

豚肉を炒めました。ドキドキしながらも仕方なくピーラーでジャガイモの皮を剝き、ニンジンを刻み、タマネギに涙し、これも炒めました。そして、水を加え煮込む。

ルーは、昔は母もマーガリンでメリケン粉を炒めたりして作っていましたが、出来合いのものに転向していました。

ある食通氏のエッセイで、氏がカレーだけは市販のルーを使うことの言い訳を書いていました。

あまたの香辛料などを、とても国内で調達できない。市販のルーのほうが優れている。

そういう理由でした。

うちでもカレーを作っていました。母のカレーは小さな缶からカレー粉を出して作るものでしたが、肉なんか申し訳程度にしか入っていないせいか、旨くありませんでした。母の作ったものが旨くないということは、とても稀なことでしたから、いつも首をひねって、そしてあるとき食通氏説を母に講釈してやったのです。

母は納得し、出来合いのルーを使うようになり、なにか悟るところがあったのか、シチューも出来合いのルー使用に転向していたのです。

どうにか、母の作ったシチューに似たものができました。

味も、なかなかよろしい。

しかし、母の作ったものとは似ても似つかぬ一点がありました。

量です。

ジャガイモ、ニンジン、タマネギ、豚肉、それぞれの量はたいしたことはなかったのですが、さてそれらを一緒にしてみると、とても小鍋には納まらない。納まる鍋は大鍋、そしてできたシチューを二人で食べ尽くすには一週間以上かかりました。

その間、火を入れては腐らないようにしていたのですが、最後には鍋の縁にシチューが焦げつき、金属の束子《たわし》でこすりとるのに大層難儀しました。

温めているうちに、別の用事をしていて、気がついてみると台所から黒煙が出ている。

鍋の中には炭ができている。

そんなことが何度もあり、数個の鍋を駄目にしてしまいました。

で、お惣菜売り場に向かったのです。

肉ジャガと白和えを買い、恐る恐るさりげなく母に供しました。

「おいしいね」

まんざら社交辞令ではなかったと思います。とりわけ白和えに眼を細めました。

「昔はね、これは大層なご馳走だった。お正月とか縁日とか、特別な日でなければ作らなかったよ」

お惣菜は、たいてい二、三人分を小分けして売っていました。

これなら量が多すぎて食べ残す心配はありません。

私はなんでも文句を言わずに食べる者ですが、スーパーのお惣菜はお世辞でなく旨いと感じました。少し甘みが強いことを除けば、本当にいい味でした。

私が味にうといのではなく、このスーパーが昔のお惣菜屋のように、自分のところで作ったものを売り場に出しているせいなのでしょう。売り場もかなりのスペースを持ち、買物をする客の姿も少なくありません。またスーパー同士がお惣菜に力を入れ競っているから、味がいいのではないかと思います。

ほとんどの家庭が共働き、家族が小人数になっている現今、お惣菜売り場は主婦たちからずいぶん重宝がられているようで、あまり遅い時間に行くと、お目当ての白和えが売り切れていたりします。

ありがたかったことは、母が刺身を好んだことでした。スーパーの鮮魚売り場にある、バチマグロの削ぎ落とし（中落ち）などを供しても「ああ、おいしそうだねえ」と眼を細め、「おいしい」「おいしい」と食欲を増進させられているようでした。

一週間に二度は、スーパーの鮮魚売り場の世話になり、もう一度は友人のやっている魚屋に行き、少し高級な刺身を切ってもらうのが、私の献立の柱になりました。

実は、スーパーの売り場を、男がカートを押してゆく姿に、私は抵抗がありました。自分がそんなことをするくらいなら屋台でラーメンをすすっているほうが増しだとさえ思っていました。母がスーパーまでの二キロを歩けなくなってからも、車で送って、買物だけしてもらっていました。

いよいよ自分で買物をしなければならなくなって、毅然として（そう装って）カートを押してみました。予想していたような、みじめさやつまらないという気持には露ほどにもならないのが不思議でした。

ただもう先の三条件を満たす食品を懸命にさがし、他に気をまわす余裕がなかったからかもしれません。

いや、実は少し楽しんでもいました。

牛肉、豚肉、鶏肉、それぞれの色や形の豊饒さ、鮮魚売り場のカツオ、マグロ、サバ、アジ、サケ、切り身や刺身は、よく見ればなまめかしく美しいものでした。キャベツ、ダイコン、ニンジンの姿形に、改めて見惚れるような気持でした。

それらを使って料理する身となると、キャベツ、ダイコン、ニンジンが生きもの、無論生物には違いないのですが、これから舞台で踊りだす踊り子たちがそこに身を横たえているような、生々しさを覚えるのでした。

新婚の妻は、こんな気持でスーパーを歩くのかもしれない、とも思いました。

まあ、料理は、困難は困難ながら、楽しむこともできたわけです。

第2章　母との晩酌

思いがけない
深々とした　味わいの話

全く楽しめなかったのは、事務的なことでした。

公的な介護支援を受けるためには、種々の手続きが必要です。書類には、いちいち住所氏名を記入しなければならず、判子を押さねばなりません。

私は、もともとこういう事務手続きが大嫌いで、それこそ税金の計算などはすべて母にやってもらっていたので、これらが一時にどっと押し寄せてきたときには、大恐慌を来たしました。

私は子供のころからスポーツ、特に野球がきらいでした。

虚弱体質のところに、運動神経ゼロ、否応なく三角ベースやソフトボールの外野に配されたりすると、ただただ球が飛んでこないことだけを祈っていました。飛んでくると、平凡なフライをおでこで受けてしまったりして、失笑と蔑視のアトラクションのために、そこにいるようなものでした。

事務的なことは、私にとって野球と同じ、逃げ廻りたいものだったのです。

自分でやらねばならなくなったとき、この少年期のトラウマが蘇ってきました。

必要な書類を紛失してしまう。再度書類をもらいに行く。

拷問のような苦痛に耐えて住所氏名なんかを記入し、さて役所に持参すると、一ヵ所だけ判子が押してない。

判子は持参していない。

誤記がある。

正しく書き直して、訂正印を求められると、これまた判子を持っていない。

とど家に取りに戻らねばならない。

etc. etc. etc. ……。

もう並べるのもいやになります。

それにしても、ある記入事項の欠落から、介護費用がいきなり三倍になって請求されてきたときには、真っ青になりました。

しかし、こっちに話題が来ると、滅入るばかりなので、食卓に戻ります。


同じ献立が続かないように気をつけた、と述べました。

実は、私自身がきのうの夕食になにを食べたかもおぼつかず、一昨日の夕食はモウロウ、三日前の夕食になるともう完全に、記憶がないということに、初めて気がつきました。

母のことは言えない、私自身がボケてきていました。

そこで、日々の献立を書き残すことにしたことは、すでに述べましたが、母に同じもの、似たようなものを続けて食べさせるようなことはなくなる、ということのほかに思いがけない余禄がありました。

一日中、一つ屋根の下に暮らしていても、会話はあまりありませんでした。私自身の仕事（ちょうどある電子雑誌に週一回食物誌的エッセイを連載していました）もあるし、介護のための仕事、たとえば掃除洗濯の類がありました。会話の時間は多くなかったのです。

ですから、食事のときは、差し向かいに座って、いろいろ話しながら食べることにしていました。このとき、テーブルの上を改めて見渡し、「バチマグロ刺身」「白和え」とか「アオサ味噌汁」といった献立の詳細をノートに取ることにしていました。母は私の仕事柄と思うのか、なにを書いているのか訊くことはありませんでした。

そして、料理に付随する思い出などを、ふと洩らしてくれるようになりました。思いがけない、深々とした味わいの話がありました。

刺身を小皿の醤油やワサビに附ける手元が覚束なく見えて、直接醤油をかけてやったときのことです。

「醬油のかけ過ぎは、素材を冒瀆するよ」

そう呟きました。

ちょっとびっくりさせられました。新聞か雑誌で読んで、心に残していた言葉かもしれませんが、百年近く台所と食卓に関わってきた人の発した言葉です。そんじょそこらの食通氏の言葉とは、まるきり重みが違うようでした。

自然薯《じねんじょ》をもらって、とろろ汁をこさえてやったときには、わざわざ麦飯（パック詰めでチンすれば食べられるやつです）にかけてやりました。

「おいしいねえ」

そして、貧しい桐簞笥職人の長女だった少女のころを語ってくれました。

「昔のとろろ汁はね、麦飯の……、いまのように白米のご飯が食べられるのに、わざわざ麦のご飯にするのじゃない、もともと米三分、麦七分のご飯だからね、それにもっと薄ぅい、お祖父さんが鼻汁みたいだと言ってた、ご飯のあいだにすうっと吸い込まれてしまうような、薄いとろろ汁をかけた。なにしろ食べ盛りの若い衆（徒弟）が、いつも十人以上いて、この若い衆たちは賃金はなく、ただ食べさせてやるだけ、節季に着物一枚与えるだけで働いていたから、食べる食べる、食べるだけが楽しみだから……。大釜でご飯を炊くんだけど、最初は五右衛門風呂の湯をかき回すために作った櫂を、しゃもじに使った。五右衛門風呂を知ってるかね？　大きな鉄の釜の底から火を焚くやつだよ、石川五右衛門が京都三条川原で釜茹でにされたとかね。底が熱いから木の丸い板を踏んで沈め、入るんだけど……。あ、おしゃもじの話か、その大きな釜でご飯を炊くのだけれど、途中でかきまわさないと米と麦が分かれて炊けてしまうんだよ。普段おかずといえば、防火用水のためだった大桶に漬けた漬物、それに出汁子《だしこ》（イワシやサバ節。もっぱら出汁を取るのに使われた）に醤油をかけたものだけだった。だから、とろろの匂いがするだけみたいなとろろご飯でもご馳走。喜んで食べた」

「自然薯なんか、いくらでも山にあったんじゃないの」

「そんなわけにはいかない。山だって、採れるところの芋はとっくに採られてしまっている。自然薯はホーエンさん（隣の隣の村の山中の神社の名前らしい）から、一年一回二本もらうだけだった」

「なんでそんなところからもらうことができたの？」

「お祖父さんは貧乏なくせに、ときどき変な趣味を始めて、いっときはミツバチを飼った。その師匠がホーエンさんで、ホーエンさんが町まで出てくるには、わらじの予備を二足腰に吊るして、朝暗いうちに出てきて、暗くなって帰りつくという、丸一日がかりの仕事だった」

「ミツバチは、当時のことだからニホンミツバチだったんだろうね」

「あたしがからだが弱かったから、滋養のあるものを食べさせたかったんだね。甘いものなんて、駄菓子だってそうは食べられなかったから、ハチミツはほんとうに甘くておいしかった。ほかには蛇の粉も舐めさせられた」

「蛇の粉？　マムシの？」

「マムシも入ってたのか、シマヘビだと思うけどね。なんかすごくまずい魚の粉みたいな味だった」

「お祖父さんが獲ってきたの？」

「蛇屋があったんだよ。ウインドーの中に、いろんな蛇がとぐろ巻いてたり、絡み合ったり、気持が悪くてたまらなかったけど、よく見に行った」

大正期の田舎町の生活が思い浮かぶようで、食卓の話題には少々不適でも、なにか豊富なもの、滋味があふれたものでした。このころの冬の某日の母の食生活を披露してみましょうか。

朝、一番にお湯を沸かしてお茶を淹れます。前述の高級煎茶です。

これを持って、母のベッドの枕辺に立ちます。朝の挨拶を交わして、ベッドの背を起こします。

母の胸元に洗面器を当てておいて、少し勿体ないのですが、お茶を含ませうがいをさせます。母は顎の筋肉が弱ってしまったためか、一晩中口を開いて寝ていることが多いので、お茶の殺菌作用を利用する目的なのです。それから、残りのお茶をゆっくりと喫してもらいます。

この間に窓を開けて、空気を入れ替え、その日の天候とか気温を話題にします。悪い夢を見て、そのまま現実につなげているようなときがあるので、このときそういった悪霊を追い払うのです。

ヘルパーさんが来て、おむつを換えてくれたあと、広縁のリクライニング安楽椅子に座らせ、庭を眺めてもらいます。庭の花、梅や桜などを話題にしながら、ヘルパーさんの仕事中に私が台所でこしらえた、果物生ジュースを飲んでもらいます。

それから朝刊を読んでもらっているあいだに、朝食の支度に掛かります。

この日の朝食は、

ロールパン（レーズン入り）
サラダ（キャベツ・トマト・アボカド）
オムレツ（茹でシラスとチーズ入り）
スープ（クリカボチャ）

朝食の終るのが十時半ころになりますから、お昼は抜きで二時半ころ、お茶とお菓子にします。この日はいただき物の、ママゴトのように小さな、外国製チョコレート三個でした。

夕食は週に三回の、一番好きなお刺身（カツオ、ミナミマグロ、アマエビ、アジ）です。色も皿に並べたとき紅白になるよう、魚屋の店先で選んできたのです。母は煮ても焼いてもカツオが好きで、しかし煮たり焼いたりは大変なので、とりわけ刺身が好きだということは助かりました。

他には、やはりいただき物の京都の漬物、石狩漬け、それにホウレンソウのおひたし、アオサの味噌汁を添えました。

特筆すべきは、晩酌を始めたことでした。片手落ちというか画竜点睛を欠くという、私だけの旨い刺身があって、酒がないでは、刺身に添えました。

正論に従って、シャンパングラスに冷えた酒を注いで、刺身に添えました。

県の工業技術研究所で開発された酵母菌がもの凄く優秀で、県産の酒が一躍全国トップクラスになり、私は来客用に、そのトップクラス大吟醸酒を冷蔵庫に保管しています。またときどきのいただきものである大吟醸酒もあります。これをもっぱら母に呑んでもらうことにしました。

「お酒なんか、勿体ない、罰が当たる」

そう言いながら、グラスの酒をすいと口にして、ぎゅうと眼をつぶりました。顔をしかめていました。母が酒を口にするところなど、見たこともありませんでしたから、匂いや味がまったく気に入らなかったのか、と見守りました。顔中を皺にしてしかめていた眼を開いたとき、皺は笑顔に広がりました。

「おいしいねえ」

私もビールと焼酎でお相伴して、以後晩酌が始まりました。

「あたしは酒呑みだったんだねえ」

母はびっくりしていました。

それから、酒呑みだった自分の祖父に溺愛され、その晩酌の肴を箸の先にのせて、少しずつ食べさせてくれた、という何回目かの話になるのでした。何回聞いても、それは微笑ましい話でした。

酒は体質にも合ったのか、私が下船して最初に見たときには、げっそりとこけていた頬もふっくらとしてきました。

私が家で酒を呑むのは、それまでは来客時だけでした。たいていは付近の酒屋の片隅で、酒のケースに腰かけて、漁師や元漁師の漁の話を肴に呑んでいました。

しかし、介護を始めてみると、ここに通うのも難しくなりました。

それまでの私は、その酒屋さんで呑むほかに、町に出て友人と呑むことが月に二度ほどありました。このときには、まずは居酒屋で基礎をこしらえておいて、それからバーとかクラブといった店に伸《の》すのが定例でした。

母の介護で、そういうこと一切ができなくなってしまったわけです。

相当なフラストレーションを覚えるだろうと、我ながらに危惧しました。

ところが、家での晩酌が、期せずして始まったわけです。その母との晩酌がびっくりするほど楽しいものになりました。話題は縦横、というか突拍子もなく飛んで、思いがけぬ視点を垣間見させられたりしました。毎晩の母を相手の晩酌が、豊かな含蓄の深い時間になりました。

こんな酒の呑み方ができることが不思議でした。

以前のように酔ったら寝るというわけにはいきませんから、量も抑え、健康的な呑み方になったかもしれません。

また食事にしても母が支度してくれたものをずっと食べていたのですから、味の好みが似通うのは当然のことかもしれませんが、スーパーをあさり、私が少々手を加えた三、四皿に、一椀の汁を、母は「おいしい」「おいしい」と食べてくれました。

「息子にお世辞言うことなんかないよ。だいたい八割はスーパーや食品メーカーが作ってくれたものなんだから、言うならそっちに言わなければ……」

「おいしいよ」

以前、母が支度してくれた食事は、八、九割が手作りでした。そのころ出来合いのお惣菜を母は買ってきませんでしたが、今は「結構おいしいね、小人数ではかえって経済的かもしれないね」という話になり、食べものの昔と昨今や、そこから延びて、なぜか、「学徒出陣は悲壮だった、可哀相だった」などという話題まで、重複は多いものの、興味深く聞いていられるという毎夕になりました。

夕食後は、しばらく食卓で話し、広縁の安楽椅子に移ります。お茶と夕刊を並べ、また少し世間話などしてから、私は台所に戻って洗い物です。それが片づいて手がきれいならちに、母の入歯を洗います。安楽椅子のところまで、洗面器と歯ブラシを運んで、歯を磨いてやるのです。母は下顎の歯は金属をかぶせたりして十二本も残っているものの、上顎は全部が入歯です。電気歯ブラシだから、上顎までマッサージしてやって、コップから水を含ませ嗽《うがい》をさせます。

入歯について、少し書いておきます。

船から帰って、母を家に連れ帰ったとき、施設から容器に入れた入歯が返してよこされました。それを見て愕然としました。

江戸時代の入歯を見たことがあります。歯肉の部分が木製で、丸みがなければならない顎の部分が、つるっと扁平でした。こんなもので物が嚙めるだろうか、といぶかしみました。母の入歯は江戸時代に作ったものと、そう変りのない代物でした。そのせいでしょうか、食事をしていても、口の中でやたらガチャガチャと音がしていました。

幸い、友人に歯科医がいました。

すぐにそこに連れていって、入歯を作り直してもらいました。

「ああ、嚙みやすい」

大喜びでした。

あとから新聞かなにかで読んだ知識ですが、入歯は外していると、あっという間にボケが始まるといいます。

施設では、呑み込んでしまうのを恐れるのでしょう、ほとんど外して保管しているようです。そして、入歯がなくても噛める柔らかな食事を供しているようです。入歯を外しているとボケるというのは、新しい情報なのでしょうが、こうした情報はまず施設などに広めていって欲しいものだと、私は思います。

私は母の介護を始めたとき、決心をしました。介護は無論だけれど、からだの状況をできうる限り通常平常に戻してやろう、と。以て生活の質を、できうる限り高めてやろう、と。

歯の次は耳でした。

左の耳がだんだん聞こえにくくなったのも、寝たきりになってからのことだったようです。

百歳を過ぎた老人があちこちからだの故障を訴えても「そりゃそうでしょう」という反応が大半です。

まず町の量販眼鏡店に行ってみたら、母の年齢を聞いて、「長くは使わないのだろうから、高いものでは勿体ない」というようなことを、お為ごかしに、遠まわしに言われました。即、私はその店を出て、病院の耳鼻科に母を連れていきました。

「この百歳の老人の耳が普通に聞こえるような、そういう補聴器を作ってください。いくら高くても構いません」

成金みたいなセリフを吐きました。

対応してくれた医師なのか、言語聴覚士というのか、中年の女性でしたが、自分にも年老いた母親がいると語って、親身に相談に乗ってくれました。病院を通じて購入した補聴器の値段は、町の量販眼鏡店が薦めた補聴器の三倍の値段でしたが、それで自然な会話ができるようになりました。

母は八十歳くらいのとき、さっさと自分で出かけていって、両目の白内障手術をしてきました。そのため電灯の光の当たり具合では、眼が妙に機械のような色になることがありますが、百歳を越しても、眼鏡なしで新聞を読んでいました。

眼、耳、口、一世紀を生き抜くと、朽ちたり欠けたりして、けれども、まさに一世紀を生き延びたお陰で、人工の眼、耳、口を持つサイボーグになれるというわけです。あえてサイボーグにしてやって、健康体が享受する視聴覚、味覚を確保してあげるのも介護だと、私は思います。


どこかで読んだことがあります。

「筋肉はまったく使わないと一日に一グラムずつ失われていく」と。

体重が減るのではなく「筋肉」が、です。

寝たきりの人が寝たきりになってしまうのは、歩ける能力（筋力）があるのに歩くことをやめてしまったことによる場合もある、と聞いたことがありました。

介護を始めた当初、ベッドに食事を運んでいるうちに、このままでは本式に寝たきりになってしまうのでは、と私は不安に襲われました。寝たきりになってしまったら、生活の質はがた落ちになってしまう、と思ったのです。

リハビリを考えました。

けれども、その方法を全然知りません。

テレビの健康番組とか週刊誌で見かけた程度です。

なにか本を買ってきて学ぶことも念頭をかすめましたが、なんとなくマニュアル頼りではだめだという気がしました。

過去の母、いまの母の状態を知っているのは、私だけなのだから、私が独自にやってみようと思いました。

前にちょっと述べましたが、寝たきりからの回復を試みたのです。

人間は、寝たきりでは衰えるだけだと思います。

まず、立ち上がってもらわねばなりません。私が航海に出るまでは、立ち上がり、自力で歩行できたのです。早いうちに手を打てば、回復させることができるかもしれないと思いました。

先の見方に従えば、私が不在だった二ヵ月間に失われた母の筋肉は最大六十グラム、しかし老人でもトレーニングによって、筋肉は増やすことができる、とも聞いたことがあります。母も、「これではならじ」という気持が、私の帰国によって生じたようです。ベッドから椅子に移して、両手を取ってやり、「せーの」と声を掛けて引っ張ってやります。少し腰が浮くと、「足ふんばって」と声を掛けて、立たせようとしました。初めは足腰に力が入らず、すぐふにゃふにゃと座ってしまいましたが、これを何度も試みました。腰を掛けたまま、両足を交互に上げる運動も併用してみました。

立とうとするとき、私が引っ張るだけでなく、母も腕に力を込めるように言ってみました。母は女性としては、また年齢の割には腕の力があって、やがて私は引っ張らず、母だけが引っ張って立てるようになりました。

立つことは、まだ能力が消え残っていたのか、よろめきがちながら、短期間にできるようになりました。

次は歩くことです。

まずは、歩行器のお世話になりました。

幸い、拙宅は直線十数メートルばかりの廊下がありました。建てたばかりのころ、この廊下は無用の長物と思われがちでした。設計は友人に頼み、私が強いて、廊下を設けたものだったのです。私は子供のころからずっと廊下のある家に住んだことがありませんでした。家らしい家、廊下のある家への憧れがあったし、家には無用なところがなければ、と思ってのことでしたが、意外な役に立ったのです。

廊下の両端に椅子を置き、歩行器によって、この間を歩いてもらいました。失われた六十グラムの筋肉が、どのくらいまで回復すれば歩けるようになるのか、見当もつかなかったのですが、とにかく十数メートル歩かせては椅子に休ませ、また十数メートル歩かせては休ませるということを、一日一時間から一時間半、くり返しました。休ませる時間のほうが、はるかに多かったのですが、それでも日毎に効果は現われてくるようでした。

そして、ときどきは歩行器を使わず、私が両手を取ったまま、この十数メートルを歩いてみました。すると、母が掛けてくる力やよろめきが、私の腕に直接伝わってきました。よろめきかかったとき、つと足を送って踏みとどまっていることもわかりました。

よろめくと、多くの老人はそのまま倒れ、骨折などしてしまうことがあるようです。骨折は長期のベッド生活を余儀なくされ、そのまま寝たきりになることが多いと聞きました。反射的な動きができるということに、私は母の潜在能力を感じました。

二ヵ月くらいで、母は歩行器を使えば連続で五十メートルくらいは歩けるようになりました。歩行器や私の支えなしでも、十メートルくらいは危なげなく歩けるようになりました。この際は、私がピタリと付き添って、少しでもよろめいたら、ぱっと摑んで支える体勢を取っていました。

足だけでなく手も動かさせなければ、と考えました。

手を突き出して、グーパーをやってもらうことにしました。

ちょうど来合わせたケアマネージャーさんが、グーチョキパーにしたらと、助言してくれ、そうしました。母と一緒に、私もやって見せました。これは脳の働きを活発にする効果があるように感じました。

椅子に座ったまま、ラジオ体操のように、伸ばした腕を上下したり、胸の前で左右に開いたりもしてもらいました。

脚を揃えてぐうっと上げるのは、腹筋の運動のつもりでした。

また、歩くだけでなく、立ち上がり、私が両手を支えておいて、その場でかかとをぐうっと上げる運動も取り入れました。

母は、子供のころから運動が大嫌いだったのにと、いつも決まってぼやきましたが、自分でもからだを動かすことが重要なことはわかっていたと思います。よほど気が乗らないとき以外は、私に従ってくれました。

そして、母は順調に体力を回復してゆき、半年後には、私のサポートなしで、数百メートルを自力で歩けるようになりました。一度寝たきりになった老人が再び立ち、歩けるようになるのは稀なことだそうです。母が歩いているのを見たヘルパーさんが「奇跡だ」と言ってくれました。奇跡はちょっとオーバーでしょうが。廊下を歩き、玄関の段差を下りて外に出て、車の助手席に乗ることができるようにもなりました。母はドライブ、それも山路へのドライブが好きだったので、一週間に一度は出かけるようになりました。

ドライブもさることながら、その二、三時間の、息子との会話を楽しんでくれているように思われました。


老いには赤ん坊への退行のような面が現われたと、先に述べました。

母は体力こそ回復しつつありましたが、一度抱いてしまった自分のからだに対する心細さは、なかなか元に戻るというわけには行かなかったようです。そのためか、私に頼る気持が大きくなっていったようです。

私がスーパーに行ってくる、その一時間くらいの時間にも心細くなるらしく、「早く帰ってきてちょうだい」と訴えるように言うのです。

声も幼い少女のような声でした。

淋しくないように、テレビをつけておいたり、落語のCDを掛けておいたりしましたが、帰ってみるとそんなものはなんの助けにもならず、ひたすら私の帰りを待っていたことがわかりました。

そうなると、こっちもおちおち買物もしていられません。ありがたいことにスーパーが車で五分ばかりのところにありました。さっと乗りつけて、十分から十五分で買うべきものを買って、とんぼ返りすることになりました。

不思議なことに気がつきました。

これまでなら、そこまで頼られると鬱陶しさが先に立ってしまうのが、私の性格でした。ところが、鬱陶しさなどより遥かに、母への愛おしさが募るようでした。

母をかわいらしいと思い始めていることにびっくりしました。

私は、明らかに、母を幼児のように思う気持になっていたのです。それだけではなく、自分が乳児、幼児だったころ、母がどういう気持で育ててくれたのか、手に取るようにわかってきたのです。

私は虚弱で、やせっぽちで、母はずいぶん心配してくれたようです。その心配が、そのままわかったのです。

そして、また一層母を愛おしく思うようになりました。

予想もしなかった、介護の、私自身への効果でした。


母の介護が突然始まったことは、すでに述べました。無我夢中でしたから、ほとんど自己流の介護でした。

けれども、介護はすべて自己流でできるものではありません。介護保険制度の下、ケアマネージャーさん、ヘルパーさん、訪問看護師さん、訪問リハビリ療法士（理学療法士、作業療法士、言語聴覚士）さんなど多くの方々に負っていることは言うまでもないことです。というより、制度とその下に働く人々がいなかったら、少なくとも私には介護という大事、難事は無理だったのではないか、と思うところがあります。

そして、私の場合、最大の幸運は、間近に介護の大ベテランがいて、様々に助言してもらえ、また実際に助けてもらえたことでした。

介護五十年……。

こう記しただけで、気が遠くなりそうです。

仕事で介護にたずさわり五十年というのではなく、私事として身近な人を五十年余り介護し続けてきた、というのですから普通のことではありません。いま私は、見上げるようにこの方の成し遂げたことを考えています。その介護を思うと、激しく心を揺さぶられます。

Sさんは、M酒屋のおかみさんです。

酒屋の片隅でやっている居酒屋のおかみさんでもあります。

拙宅の前には川が流れています。

なんでも、かの紀伊国屋文左衛門が南アルプスから木材を伐り出し、越すに越されぬ大井川に流し、その川口に近いところから小川《こがわ》港という小さな港に流し込むために拓いたという小運河で、そのためかどうか木屋川《きやがわ》という名が付いています。

いまはすっかり廃れてしまいましたが、小川港はサバの水揚げ量の多い港で、そのサバの質がよいので、京都あたりのサバ鮨には、この港からのサバが使われていると聞いたことがあります。出入りする船も多く、漁師たちは豊かな懐具合に飽かして豪快に酒を呑んでいました。川岸には、そういう漁師相手の酒屋、居酒屋が十軒ばかりもありましたが、いまはM酒屋一軒になってしまいました。

M酒屋の居酒屋部は、潮の香と季節に鳴くカモメやユリカモメの声だけでよい酒が呑める、そういうお店です。昔は沖から戻った漁師が取るものも取りあえず一杯キューッとやる、それで店先はてんやわんやだったということですが、船が減り漁師が老いて、いまは老夫婦が二人、ひっそりとお店をやっています。私は、まだ幾人かの老漁師の常連が呑んでいたころ、漁や海の話が聞きたくて、この店にもぐり込み、以来二十年近く、夕刻を過させてもらっていました。

Sさんが、二十歳ばかりでこの酒屋に嫁いできたとき、その可憐さ可愛らしさ気配りのよさで漁師たちを「Sちゃん、Sちゃん」と熱狂させたということです。そして、Sさんは五十余年を経て、私より三歳年上ながら、なお可憐で可愛らしいSちゃんなのです。

私は、川沿いの小道を十数分かけて、お店に通います。ときどきの潮の満ち干の匂いは、お酒に臨む気分を整えてくれます。M酒屋と拙宅の中間には、漁師たちの信仰を集める水天宮さんがあり、この辺から幅二十センチ、高さ六、七十センチばかりの低いコンクリートの防潮堤が続いています。巨大台風が来たときなどには、海から上ってきたうねりが堤を乗り越えることもありましたが、まず稀なことで、川沿いの人たちにとっては、格好の夏の夕涼み台、ときには小魚の天日干しの台になっていました。

防潮堤にいつも斜めに腰掛けている、和服のおばさんのことは、M酒屋に出入りする前から気がついていました。和服といっても、昔、日常着だった木綿の着物で、川面に舫《もや》われたまま朽ちている小舟などを背景にすると、郷愁さえ感じさせられる姿でした。

おばさんは通りかかる人に、目をやろうともしませんでした。人が通ろうが犬が通ろうが、全く関心を持たないようでした。着物の胸元や裾がいつも少し乱れがちでしたが、身じまいを直そうともせず、ぼうっと港のほうを見ていました。港のほうにからだを向けるために、斜めに腰掛けているのです。そのために着物の裾が乱れがちになるのでした。

そういう姿が、私の知る限りでも三十年は続いていました。風雨や、ひどく暑い日寒い日のほかは、照る日曇る日、ほぼ毎日防潮堤にいるので、漁師のように色が黒くなっておられました。

私は、道端にお地蔵さんが立っていると、ふと前に佇んで手を合わせたくなる、そういう質《たち》の者です。そして、(仏教を信じていないのに) なにか安らかな思いになるのですが、そのおばさんを見る気持には、似たようなものがありました。

その女性はボケている、いまの言葉で言えば認知症というものなのだろうと、私は思っていました。私の知る限りでも三十年前からということは、年齢からのものではなく、病いに由来するものなのだろうと……。

私が酒屋に通いだして一年か二年たって、ようやくその人が酒屋の人だと知ることになりました。Sさんの小姑に当る人だったのです。しかし、それを知ってからも、なぜ毎日川岸に出て防潮堤に腰掛けているのか、聞いてはみませんでした。いくら馴染みの客でも、それを聞くのはなにか不躾《ぶしつけ》にすぎると思われたからです。無論、介護とか、そういうことも話題にはなりませんでした。「介護」などという言葉さえ一般的ではなかったころだったのです。

そして、おばさんはいつしかお婆さんになり路傍の仏様のようにいつもそこにいた姿を、一向に見かけなくなっていたのです。

ちょうどそのころでした、私が母の介護を始めたのは……。

介護について、いろいろ訊かねばならず、その話の途中でやっとお婆さんが寝たきりになっていることを知りました。そして、Sさんがお婆さんを、ほぼ五十年間ひとりで介護してきたということを、ぽつりぽつりと話してくれたのです。

お婆さんは、二番目の子供を生んだ、その産後の肥立ちが悪く、また漁師だった夫の放蕩と暴力に苦しみ、逃れ出るようにボケてしまったということでした。Sさんが嫁いできたのは、ちょうどそのころだったというのです。

新妻Sさんはいきなり、小学校に上がったばかりの子と生まれたばかりの赤ん坊、二人の子供の母親代わりになり、育てなければならなくなったのです。そして、追々自分の子供も三人産み、忙しいお店の切り盛りもこなしつつ、お姿さんの介護もしてきたのです。

いま、この地にはドウホウムセンと呼ばれるものがあります。同時通報用無線の略語なのでしょうか。警察署、消防署、市役所などが、ときどきにいろいろな情報をボリューム一杯の音声で市民に伝えるものです。聞こえない場所はないように、何十ヵ所にも拡声器が設置されているようですが、音源からの距離が「同時通報」を裏切るのか、風向などのせいか、三つばかりの音声が少しずつずれて重なり、なにを言っているのかわからないことがあります。

毎日定時に聞こえてくるのは、「小中学生の皆さん」と呼びかけ、下校をうながし、交通事故に気をつけるよう告げる、間延びした声です。

ほかに「交通安全週間」を知らせるものもあります。

元々は、この地が最も警戒しなければならない地震と津波情報のために、予行演習的に行われているのではないかと思いますが、一番耳に付くのが次のような放送です。

「行方不明者のお尋ねをします。本日午前×時ごろ、市内××町の男性が自宅を出たまま行方不明になっています。年齢××歳、身長××センチくらい、体重××キロくらい、眼鏡をかけ頭髪は白、紺のジャンパーにグレーのズボン、黒いスニーカーをはいています。お心当たりの方は警察にご連絡ください」

これが最低でも月に二、三回はあります。週に二回、いや一日に二回ということさえありました。

そして、数時間から十数時間後、たいていは次のようなことになります。

「先ほどの行方不明者は無事保護されました。ご協力ありがとうございます」

行方不明者のほとんどは、その年齢から推して徘徊老人です。警察に届けず、たいていわかっている行先で家人が保護という数も相当あると思われます。結局、発見の報がない場合もありますが、厳冬期や酷暑の日には、行き倒れというようなこともあるのでしょう。そのような場合は「ご協力ありがとうございます」という放送はしないのではないでしょうか。

どのようにしてか遠隔地に行ってしまい、身元がわからぬまま現地の施設に収容されている例を、新聞で読んだことがあります。

徘徊は介護の中でも重いことの一つです。

Sさんのところのお婆さんも、からだが達者なころは徘徊行動が激しく、ずいぶん大変だったといいます。

(そのころはまだ老女ではなかった)おばさんが、ふといなくなることがあって、酒屋の商売が忙しくてもそんなことは言っていられない、とにかく小学校に駆けつけてみたそうです。おばさんはボケて子育てをしなかったものの、子供がいて小学校に通っているという記憶は微かに残っていて、その子の通う小学校に行き、運動場で子供たちが走りまわったり、教室で教科書を読んでいるのを、ぼんやり眺めていたのだそうです。

「いなくなったのを気がつかずに、学校から電話がかかってきて、すぐ駆けつけることもあったんだけど、その姿が哀れで涙が出た。子供は子供心にも恥ずかしがって嫌がるし、ほんとうに途方に暮れた」

Sさんは、そう述懐しました。

おばさんは何キロも離れた神社仏閣に佇んでいたり、駅にいたこともあるそうです。だんだん有名になって、そういう行先から「来ているよ」という電話がかかるようになったといいます。

また、初めのころは紙おむつがなく、赤ん坊に当てるような布製の、大きなサイズのものを手製して使っていたそうです。赤ん坊の小さなおむつ、大きなおむつが日々物干し台にひるがえるのは、眺めとしては悪くはないものの、Sさんはさぞや大変だろうなと、近所の人たちは思ったことでしょう。

Sさんに初めてそういう話をきいたときは、びっくりしました。

いや、衝撃を受けました。

公的な介護保険の制度ができたのは、十数年前のことだったと思います。すると、Sさんは公的な介護の助けなし、まったくの独力で、三十数年間もその女性を介護してきたことになります。おむつ一つとって考えてみても、大変なことです。

いま、仕事にせよ私事にせよ、介護にたずさわっている方々で、紙おむつがないということを想像して、茫然自失しない方はなかろうと思います。

先に、ある事務手続きの不手際から介護料金が三倍になったことを述べましたが、Sさんから対処法を教わりました。同居していても、所帯を別々に届ければ、介護料金がいきなり三倍になるようなことはない、ということでした。

姑息なことだし、家の中で母の存在を分けるということが、かなりいやな思いでしたが、背に腹は代えられません。

すぐ、その手続きをとりました。

実際、これで大いに助かりました。

Sさんは、自分が義姉を介護しつつ、近所の独居老人たちを定期的に訪れ、あれこれ相談されたり、面倒を見るうちに、介護の実際問題や事務手続きにも精通するようになったようです。

そして、そうした独居老人を訪ねる際には、ちょっとした手製のお惣菜を持っていってやり、家族的ぬくもりを分けてあげていたようです。私の家にも、そうした恩恵が届き、母が昔こしらえたような煮豆を、母に食べさせてやることができました。

Sさんがいてくれなかったら、私は介護に挫折していたのではないかと思います。実際に手を下しての介護もさることながら、心の支えとして、介護する者に寄り添ってくれる人が必要だと思います。多くは係累、親戚がそれを務めてくれるのでしょうが、そういう存在がない場合もあります。ケアマネージャーさんやヘルパーさん、訪問看護師さん、訪問リハビリ療法士さんは、そのような親戚以上の存在だと思います。

Sさんのお店の客の中に、最近、介護される身になった人が二人います。二人とも私より年下です。一人は元漁師で、小さな鉄工場をやっていた人で、脳梗塞に襲われ半身不随になりました。もう一人は同じく元漁師、造船所に勤めているところを交通事故に遭って、手術に失敗したのか、数年間病院通いをしていましたが、結局右脚が左より五センチも短くなってしまいました。

Sさんは二人を心配していましたが、二人は妻子があって、その家庭で介護されているようです。しかし、毎日みんなとワイワイ呑んでいた者が、いきなり家庭に閉じ込められて楽しいものかと、お店の常連の老人たちは気遣っていました。それぞれが、自分が介護を受ける身になったときのことを考え、いまの幸せと将来への不安を肴に酒を味わっていたのではないかと思います。

老老介護とは、老いた子が老いた親を介護になるのでしょうか。老いた夫が老妻を介護という場合もあると思います。

いずれにしても、近いところに他の「老」や「老」がいてこそ老老介護は成り立つのです。老老であるからこそ、より気持を汲み取り合える側面もあろうかと思います。

「介護は、やってみた者でなければわからないし、たとえ親戚でも口を出すものではない。口を出された場合は我慢しなさい。お母さんのために」というのは、Sさんが私に掛けてくれた言葉です。

わかっている身だからこそ、いろいろと私を助けてくれたのでしょう。私は同情心の薄い男でしたが、いまは介護に関わる人を、なんらかの形でできる限り助けてあげたい気持になっています。

私はSさんや介護にたずさわる方々の助けを借りて、しかし独りで母を介護してきました。

独りでなかったら、と度々考えたものでした。とりわけ、下の世話をするときは、独りでは大変です。おむつを換えながら、もう一本手があったらなあ、と思わないことはありませんでした。普通は、もう一本ではなく、二本の手が出て助けてくれるのでしょう。

私の年齢では、配偶者がいるのが普通だからです。いない私は、ときには頭や顎で母の肩を押し支えて、おむつを換えたりしていました。

前にも少し述べましたが、私はたった一度、短い期間、結婚していたことがあります。この結婚は大失敗でした。

だから、二度とするつもりはありませんでした。しかし、私が独りであるために母への介護が手薄になり、行き届かないことを秘かに恐れてはいました。

ちらっと、そういうことを母と話したことがありました。

「あたしはね、幸せだよ」

「幸せ?」

「あんたが独り者で、あたしは幸せだよ。しみじみそう思う」

「へえ……」

母の言葉には、それこそしみじみとした実感があるようでした。失敗した私の結婚と、その相手を考えての言葉だったのかもしれませんが、もっといい相手なら、と考えている気配もありませんでした。

親戚などを見回して、そこにある嫁と姑の確執や、そこにある介護の形を眺め、そういう感慨を抱いたのだろう、と思います。

恥をさらして、自分の結婚のことを、もう少し述べます。

結婚相手は、長く自分の叔母を介護したという人で、介護のベテラン、あなたのお母さんの介護も任せておきなさい、と自らを称する人でした。

そのころ、私の母はまだ介護の必要のない状態でしたが、年齢から言えば、とっくに介護のことを考えなければならない時期にありました。

勿論、彼女のその言葉を、そのまま信じたわけではありませんでしたし、その言葉だけのためにではありませんが、私はその人と結婚しました。

先にちょっと触れた「風呂吹き大根」の人です。

その人を、仮にXさんとしましょうか。

Xさんを、優しい、むしろ大人しい人だと、私は思っていました。

自分が女性を見る目が甘いことは、かねてより自覚していましたが、さらに痛感することになりました。予想外の日々に私は直面し、右往左往しなければなりませんでした。

私だけなら自業自得とあきらめればすむのですが、Xさんは結婚の当初から、私の母に君臨しようとしました。なにかあると、すぐに母の上手に出ようとしました。

「いずれ私があなたの介護をすることになるのだから……」

はっきりそう言うのではなく、言葉の端々、物腰に、従順を強いる態度が露骨でした。

家庭内のイニシアティブを取ろうとしていたのかもしれません。

それまでの生き方から先を展望して、彼女にはそうあらねばと思い決めている様子が見えました。

それまで私は、家を外にして気ままにやっていましたが、それだけに家庭内のことは母に一任していました。母が生きているあいだは、それでいいと思っていました。いや、母が介護を受けるようになったら、そのときはXさんが否応なくイニシアティブを取ることになるのだろう、と思っていました。

しかし、それでは遅いと、彼女は思っていたようです。

初めが肝心、とでも思うのか、とにかく高圧的なのです。

私は困って、いろいろ話を聞いてみると、彼女が介護してやったという叔母に、そのように君臨したことを、これぞ介護の要諦というふうに自慢し出したのです。

年寄りは、そういうふうに慣らさなくては駄目だという持論は、強固なものでした。

また母も昔ながらの姑にほど遠い対し方で、Xさんに対していました。むしろ、「そんなに卑屈にならなくてもいい」と、Xさんの前でたしなめたことがあるくらい、母はXさんに遠慮し、譲るところが多かったのです。

私が、お互いにもう少し対等に接しあわなければと、Xさんを説くと、彼女は急にいきり立って「母親べったりのマザコン」という、使い古されて薄汚れた言葉で私を罵り始め、手に負えませんでした。

まあ、そういうヒステリー気質の人だったのです。

それだから、というだけの理由ではありませんでしたが、結局短い期間で結婚は解消させてもらうことにしました。

この短期間だけ、私は「夫」でしたが、子供はなかったので「父」にはなりませんでした。母を「お祖母ちゃん」にはして上げられませんでした。

七十余年間、私は唯々「母の子」だったのです。

そして、母を介護するようになって、私が唯々「母の子」であったということに、心底から幸せを感じたのです。

ほとんどすべての離婚は、夫側から言えば妻が悪いし、妻側から言えば夫が悪いのだということは承知しています。

しかし、私の場合の、夫からの離婚の内実の一つである「姑の介護に対する嫁のあり方」については、断じて妻の側に非があったと思います。

あの人に介護を任せたら、とか、介護を助けてもらっていたらと考えると、いまでも寒気がしてきます。

母の、「あんたに嫁さんがいないから、あたしは幸せだ」という言葉も、この期間への感慨からかもしれません。

しかし、そう言われて、私はふと友人Aのことを思いました。

私には、学生時代の友人で、いまだに親しく付き合っている同年の者が七人います。大学卒業と同時に、それぞれが各地に就職していって、いまは各地に家庭を持っています。中で、親を介護していたり、自分自身が介護されている者を数えてみたら、なんと六人でした。遠慮なくなんでも訊ける仲間ですから、私は電話やメールで「介護における嫁姑」について、いろいろ尋ねてみました。

Aは名古屋の人で、大学卒業以来ずっと名古屋に暮らしていました。結婚して、子供が三人いましたが、四十一歳だった妻をガンで喪い、その追悼の思いを小冊子にまとめて、贈ってくれました。

もう三十年も昔のことですが、そこに妻とともに母親の介護に当たったときの回想が記されていました。

Aの母は階段を踏み外して転落し、寝たきりになりました。そして、勤めを持っていたAに代って、その妻はかなりハードな介護をしなければならなかったというのです。

——二ヵ月程たって、ようやく母は這うことができるようにはなりました。が、口の達者だった人が身体のおとろえと共に弱音を吐くようになり、妻に対して実の娘のように甘えたりもするようになりました。

強い母でしたから、それまではずいぶん妻に辛い思いをさせたのではないかと、私でさえ認めていました。

「お前が誠意を込めて一生懸命尽くしてくれたから、もうおれ以上に頼りにしているんだね」

私がそう言うと、妻は見る見る瞼の縁を赤くして、答えました。

「もう……、三日や四日一睡もしなくったって、お母さんのそばで全部面倒みちゃうからね」


この、Aの妻は特別なのだろうか、と私は考えました。実際、ものすごくいい人でしたが、それ以上に自然な介護の形というか、心情がここにあるのではないか、と感じました。それは弱い人、頼ってくる人には優しくするという、人間性の基本ではないのか、と私は思いました。

しかし、考えてみると、かつての私の配偶者は人の弱みにつけ込むような心情しか露《あらわ》にしていませんでした。

同時に思い出したことがあります。

これも二、三十年前のことですが、私が車を走らせていると、道端にお婆さんが倒れていました。交通事故かと車を停めて、私は駆け寄りました。

「お婆さん、どうしました」

「転んじゃって……」

「起き上がれないのですか」

お婆さんはうなずきました。

「起こしましょうか？　お宅まで送りましょうか？」

そう尋ねているとき車が停まり、窓に知り合いの顔が出ました。面倒そうな顔でした。

「轢《ひ》いちまったのか」

「そうじゃない、ここで転んじゃったというんだ。とにかく起こしてやりたいから手を貸してくれ」

「ふん」

知り合いは鼻を鳴らし、先を急ぐからと言って、また車を走らせて行ってしまいました。人間性などと言っても詮ないことで、道端にお婆さんが倒れていても、車を停める人のほうが少ないのではないかと思います。私とて倒れているお婆さんの助けを求めるような眼を、車のフロントガラス越しに見てしまわなかったら、そのまま行き過ぎてしまったかもしれません。公的な介護制度が必要である所以《ゆえん》かもしれません。

Aはまた、次のようにも書いています。


妻とのいさかいは、たった一度だけれどありました。母が銭湯に行きたいと言ったことがはじまりでした。温泉が好きだった母は、大きな風呂に入りたかったのだと思います。それをささやかに望んだのでしょう。しかし、銭湯に行っても私は母と一緒には入れない。妻に頼むしかありませんでした。

「でも……」という、ノーを強く含む答えしか返ってきませんでした。妻は銭湯に入ったことがない、というのです。

私は妻に対して、初めてではないかと思うほど強い怒りを覚えました。

結局、私は毎日母と一緒に自宅の小さな風呂に入りました。「混浴温泉だね」と言って、洗ってやりながら、母子声を合わせて小学唱歌を歌いました。

「もう、まめなことだわ……」

ふと、妻が呟くのを聞いたこともあります。

Aの妻は、介護においても素晴らしい伴侶でした。しかし、Aが母の介護に心を傾け尽くす、その姿勢にふと嫉妬を覚えたのではないでしょうか。男が自分の母親の介護をするとき、その妻とのあいだに生じる葛藤がここに芽を見せている、と私は思います。

そして、男の側にも、妻に対する引け目のようなものが生じることがあります。

「ありがとうならめはにじゅう」

私の七人の仲間の一人である、Bの言葉です。

Bは、私より少し前から、母親を自宅で介護するようになっていたので、介護について迷うことがあると、私はすぐ電話を掛けて訊き、とても頼りになる存在でした。

Bは、十六歳で父を失い、母が女手一つで三人の男の子を育てた、その長男です。私と同年で、育ち方も似ています。

次は、Bが私にくれた手紙の一節です。

布生地や裁縫小物、自分で仕立てた割烹着や前掛け、仕立てで裁断された半端布も束にして陳列棚に並べて小売りをする。

この通称「はぎれ屋」を、おふくろは四十五年間営み、私たちを育ててくれた。

しかし、病院帰りに蕎麦屋へ寄り、緑内障やコレステロールの薬を忘れてきて、しかもどこに忘れてきたかわからないようになった。私がもう一度病院までをたどり直して、蕎麦屋のテーブルの隅に、それを見つけたなどということが増えてきた。

そして、だんだん商いの勘定が思うように出来なくなったのだ。

Bの母親に対する深い思いは、私には切実なものでした。Bは当初、母の介護を独りでやっていたといいます。しかし、母親がほぼ寝たきりになって、この柔道二段だか三段の猛者《もさ》として鳴らした男が、奥さんの手を借りるようになったというのです。

奥さんは、Bの母がどのようにBを育てたかをよく知っていて、姑を尊敬し優しく仕えていました。介護することになっても、それは変わらなかったようです。

次もBの手紙の一節です。


ある時、夜中に階下から名前を呼ばれ、おふくろの部屋へ行くと「脈拍がないので診てくれ」と不安を訴えられた。

「大丈夫だよ」となだめて部屋に戻ると、しばらくして再び呼ばれて同じことを繰り返し訴えられた。

「さっき大丈夫だって言ったでしょ」

「さっき私が呼んだ?」

十数分前のことを、もう覚えていないのだ。神経内科病院に連れて行って、初診でアルツハイマー病の診断を得た。


Bと電話で話していたときでした。

前にも述べましたが、私は母に「ありがとう」と言われて違和感を覚える、そのことを言ってみたのです。

「親子じゃないか、そんなこと言わなければいいのに、と思うんだ」

「ありがとうならめはにじゅう」

Bがそう言ったのは、このときでした。

「なんだい、それ？」

「蟻が十匹いれば眼は二十ある勘定だろ？」

「うん？」

私には、なおなんのことかわかりませんでした。

「そう言っちまったんだ」

「お袋さんに？」

私は遅まきながら、蟻が十匹いて、その二つずつの眼がこっちを向いている光景を思い浮かべました。

ありがとおならめはにじゅう！

中学生か高校生同士が、ありがとうと言われ、それがなんだか照れ臭いようなとき、照れ隠しに言うダジャレみたいなものか、と私は察しました。

しかし、それを「ありがとう」と言ったお母さんに返してしまったら……。

「お袋さんにも、意味がわからなかったんじゃないのか」

私はかろうじてフォローしましたが、Bが奥歯に嚙んでいる苦味は薄らがないようでした。

Ｂは決して人の悪口を言わない男です。喧嘩をした相手のことさえ、悪く言うことのない、そういう配慮のある男です。女手一つで自分を育ててくれたお母さんに、軽口にとはいえ、一体どういう風の吹き回しだったのか、と私には不審でした。

私はまた、Ｂの手紙の一節を思い出しました。

排便は週一だ。

ほっとけば一週間でも十日でも出ないが、下剤を服用すれば効果はてきめんなのだ。毎日では大変なので、おふくろの調子を見計らって週一に決めた。

下剤は服用して十二時間以上経過しないと効いてこない。あくまでも十二時間以上ということであって、確定的な時間にならないので一喜一憂する。

匂いでの判断がわかりやすいが、漏れ匂うときは済んだ後なので処理が大変なことになる。できれば寸前にトイレに座らせ、済ませるのがベストだ。だが、そのタイミングが悩みの種だ。

お尻にべったりついたペーストを狭いトイレの中で妻と二人がかりで始末する光景は気が引けるので描写は省くが、なるべく避けたい仕事だ。

前々日あたりから乳酸菌飲料を与えたり野菜ジュースを飲ませたり下剤の投与時刻も遅らせたり早めたりと、試行錯誤の繰り返しだ。

私は納得しました。

私は、誇張や自分の行動を飾るために言うのではなく、母の下の世話をいやだと思ったことはありません。母がベッドや床を汚してしまったときも、それまでの判断力を失ってしまった母への、焦燥や叱咤の思いこそあれ、後始末を汚いともいやだとも思いませんでした。

おむつに閉じ込められて蒸れた便の匂いは強烈で、むせそうになったものですが、嫌悪だけはありませんでした。それは、私の場合、母の便秘を憂慮することが多く、排便は常に喜ばしいことだったからかもしれません。

こういう点では、Bも同じだったと思います。嫌悪など、なかったと思います。にもかかわらず、突き放すニュアンスがある、「ありがとうならめはにじゅう」。

あ、そうか、と私は思いました。

そのとき、Bは奥さんの手を借りていたのではないか、と思ったのです。そのような介護のとき、手がもう一本欲しいと思ったことは前述しました。自分が楽だというより、母もそのほうが楽だろうと思うからです。そのもう一本の手を、奥さんが差し伸べていてくれたのでしょう。

実の息子である自分には、便など汚くもなんともないが、元々は他人である妻にとっては、この臭いはたまらないのではないか、この形状には横を向いてしまいたいのではないか。そういう思いやりが働いたのではないか、と私は推察したのです。

Bは奥さんが否応なく感じている臭気や形状への「引け目」があって、お母さんの「ありがとう」に答えて「ありがとうならめはにじゅう」と言ってしまったのではないか、と思うのです。

Bは深く傷ついているようでした。

あるときはありのすさびに

という言葉を、私はBに教えました。

ある時は有りのすさびに憎かりきなくてぞ人は恋しかりける

「ある時」は生きているとき、「すさび」とは荒《すさ》び、あるいは遊《すさ》び、粗雑とかたわむれ、という意味でしょうか。これは恋の歌ですが、介護の場にそのまま通じる心だと考えていいと思います。

介護はその日その日、一刻一刻のことです。つい「憎か」ったりすることもあるでしょう。だが、それは長い介護生活の中の一点なのです。介護という日常が含まざるを得ない感情なのです。

私にしても、一日を終えて、あんなことをしなければよかったとか、言わなければよかったと思わないことはありませんでした。ああしてやればよかった、こうすべきだったと唇を嚙まない日はなかったのです。

Bも、少々おろそかにしたり、粗暴に振舞ったりすることがあっても、心から母の老いを憎んだりするはずはないのです。

「ありのすさび、か」

Bはふっと息をつき、電話を切りました。

蟻のすさび……、ダジャレになってしまいましたが、重く苦いダジャレでした。

AやBの場合のように、配偶者がいい人で、その手助けに感謝している場合でも、やはりなんらかの遠慮はあるだろうし、その母親にとっては相当に気兼ねなことだと、私は思います。

介護に主にたずさわる者の三十五パーセントが嫁だと、どこかで読んだ記憶がありますす。そこに多くの葛藤が生じているからこそ、「自分の娘に介護してもらうのが、母親としては最善」というのが一般的意見になるのかもしれません。

介護は、それぞれの家にとって、それぞれの介護があるし、それぞれの思いもあると思います。

しかし、その親にとっては、たった一つ、自分の息子なり娘なりの介護を受けたい、というのが、ぽつりとした本音だろうと思います。

しかし、その息子、娘には家族がいる場合が多いのです。どの家族でも、できれば夫または妻の父親または母親を家庭に受け入れ介護してあげたい、あるいは父母の親、つまり祖父母を受け入れたいと考えるでしょうが、現実として、介護は一家の生活に違和として入ってくることが多々あって、そこに問題が生じるのではないでしょうか。

とりわけ、配偶者の親を介護しなければならなくなった家族の中での夫や妻は、ストレスにさらされることが多いのではないかと思います。私の七人の仲間の一人に、そのような状況に立ち至った者がいました。

私はこのような文章を書くにあたり、彼にも話を聞かせてくれるように頼みました。常には大抵のことに快く協力的な彼が、電話の向うで黙り込み、切りこそしなかったのですが、促しても声を発することはありませんでした。私のしている介護などは及びもつかぬ深淵が、そこに暗く淀んでいるのを感じ、私は電話を切ったものです。ですから、ここに配偶者の親を介護している本人の例については書くことができません。

私は母の介護を、ほとんど自己流でやっていたので、不安がつきまといました。

ＡやＢにときおり電話を掛けたりメールをしたのは、間違った介護をしないためでしたが、いろいろな情報も得ることができました。そして、自分の介護にとりわけ幸せな点があることに思い至りました。

母のボケには、金銭的な被害妄想がまったく現われなかったことです。幼いころからお金に苦労してきた人にしては、珍しいことかもしれません。

実は、母と私はそうした「被害」なのか、「妄想」なのか、渦中に巻き込まれて不快な思いをしたことがありました。そのとき母はこんな醜いことは他人事だけでたくさん、自分に関しては絶対起こらないようにと思い決め、身辺を処理していた節が見えました。

母の遠縁のお婆さんが、ひところ毎日のように訪ねてきたことがあります。母より少し年下で、長男夫婦と、成人して勤めに出ている孫娘とともに暮らしている人でした。

「お金がなくなった」

「財布がなくなった」

「財布は出てきたけれど、空っぽになっていた」

そのお婆さんは来るたびに、そんな愚痴をこぼしていたようです。そしてある日、金融機関の通帳を持ってきました。預かってくれ、と母に言うのです。自分が持っていれば、財布と同じく、いつの間にか行方知れずになって、出てきたときには空っぽということになるだろうと、気に病んでのことです。

「とんでもない」

母は断りました。

あとになって、母に盗られたと言い出しかねないと考えたからでしょう。しかし、そのお婆さんは執拗に頼み込み、母は困り果てて、私を呼びました。

「預かってあげれば」

私がそう言うと、そのお婆さんは涙をこぼさんばかりに喜びましたが、母はびっくりして、私を見つめました。

「通帳だけ預かってあげればいい。判子がなければ、窓口でお金を下ろすことはできないし、仮に判子まで預かっても、お母さんたちの年齢だと、だれか家族が一緒でないと、多額のお金を下ろすことはできないはずだよ」

私はそういう例を聞いていたので、教えたのでした。私の知る（地域の）金融機関だけかもしれませんが、顧客である高齢者本人を確認していて、その口座から他者が引き出すことのないよう、気を配っているようです。

高齢者を狙って、その息子などに成りすまして大金を騙し取る詐欺事件があとを絶たない昨今、金融機関もできうる限り預金者を護ろうとしているのだと思います。

そのお婆さんの帰ったあと、母は私に預かった通帳を託しました。母は年金などを受け取る自分の通帳を私に預けていたので、私もついでのことと、気軽に預かって自分の手提げ金庫に保管していました。お婆さんはお金が下ろしたくなると、判子を持ってきて、母の付き添いで金融機関に行っていました。

「あたしが死んだら、お金はそっくりあんたに上げるから……」

お婆さんは、母に会うたびにそう言っていたようです。法律上も、そんなことはできないと、母はお婆さんに教えて安心させていたようです。私もまた、残額も覗かず、通帳を預かっていました。

それから二年くらい経って、そのお婆さんは亡くなりました。

母も私も、通帳のことは忘れていました。

数ヵ月たって、お婆さんの家族、長男夫婦と、成人して勤めに出ている孫娘が私を訪ねてきました。かなり血相を変えた感じで、うちのお婆さんが預けたものを返してくれと詰め寄られました。お婆さんは母に通帳を預けたことを、孫娘にでも話していたのでしょう。

私は、通帳を返してやりました。彼らはほっとしていたようです。通帳だけでは預金は下ろせないことを知らなかったはずはないのですが……。

お婆さんが家の中で本当に被害に遭っていたのか、被害妄想に過ぎなかったのかわかりませんが、預かってやれば安心させてやれると、私は考えたのでした。根も葉もない、全くの被害妄想に駆られる老人がいることを、私は本で読んで知っていました。しかし、この訪問を受けて、私はお婆さんの被害はまったくの妄想ではなかったのでは、と考えました。よしんば、妄想だったとしても、そのような妄想を起こさせるようなものが家族間にあったのではないか、と思いました。

母には、あとからこのことを話しました。

「可哀想な人だった」

私が知る以上のことを知っていたらしい母は、ぽつりとそう言いました。

第3章　二重苦三重苦

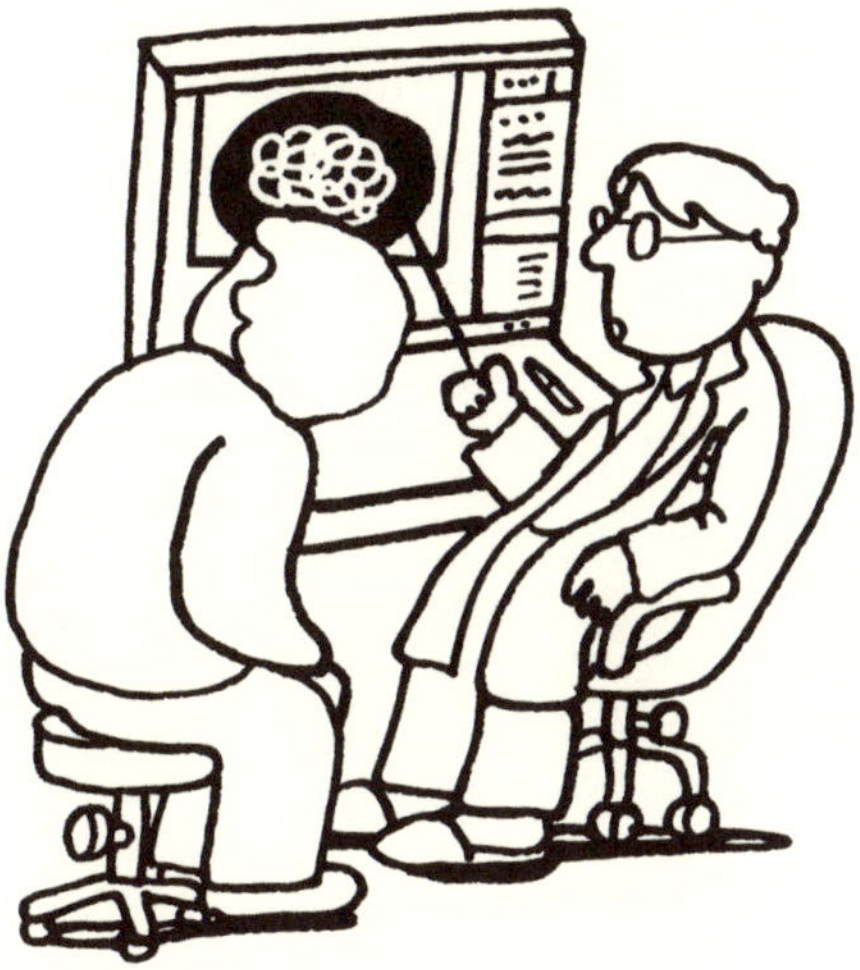

私は老老介護というフィルターを通して、周囲を見まわしたということでしょうか。

え、彼も？

あの家も？

多くの例を知りました。

いや、実は見まわす必要もないほどだったのです。

あのSさんの店のカウンターで顔見知りになっていた、タクシーの運転手Nさんは、不意にいなくなりました。彼は母親の介護のために離婚していました。昼夜を分かたぬ勤務と、介護のために、居眠り運転をして事故を起こし、会社を馘首されたということでした。

客どころではない、呑み屋が一軒、突然閉じられてしまったことがありました。呑み屋のオヤジも店の奥の住まいで、老母を介護していると聞いていました。オヤジは脳梗塞で倒れ、母親ともども入院したのだそうです。

老老介護に、あまり楽しい話はないようです。私の朗朗介護にも、思いがけない影が差して来ました。


先に、私は浪浪介護と称しました。

すぐに朗朗介護になりました。

からです。

介護がこんなに楽しいものとは、という感想を抱くようになって、朗らかにやっていた
実は、この本の注文を受けたのは、このころでした。

本当に介護が楽しかったので、友人の編集者に話したら、「それを書いてみないか」と誘われたのです。介護といえば、とかく湿りがちな、苦い、悲しい話が多いから、私のように能天気に介護を楽しんでいるのが、ちょっと珍しかったのかもしれません。私は自分の介護が、本に書いてあるような正統的なものではない、自己流のものだと思っていたので、びっくりして一度は断りました。

本当は、母を再び歩けるようにしたことなど、自己流だけれど「いい方法だった」と思うところがありました。しかし、その核心の部分は、歩行器ではなく母の手を取って歩ませたことで、それが母を急速に回復させたのだと思っていました。神がかりか、仏の慈愛を説く老人のような、ちょっと胡散臭い言い方になりますが、私のパワーが取り合った腕や掌を通して、母に伝わったように感じたのです。

他人から見て、それまでの私は決して母思いの息子ではありませんでした。私の介護振りに感服しているヘルパーさんに、母が答えるのを漏れ聞いたことがあります。

「ぶっきらぼうで冷淡な子だと思ってたんですよ。それが、本当によくしてくれる……」

私は確かに冷淡な息子だったと思います。それは半ばポーズでもあったのですが、優し

いとは言い難かったと思います。

それが、とにかく懸命にはなりました。

年齢的に、一所懸命にやれる域に達していたのかもしれません。

もの書きには定年はありませんが、少数の流行作家を別にすれば、私の年齢でまだ書いている人は珍しいと言えます。いや、書いていても、それが雑誌に載ったり、本にならなければ、世間は「小説家」と認めてくれなくなります。

以前、小説雑誌の目次に名前を並べていた方々の大半が、リタイアされたのか亡くなられたのか、名前を見かけることがなくなっていました。

私には、細々ながら書く仕事がありました。

一度として流行したことのない者にしては珍しい、ありがたいことだと思います。

私が、これで終りというつもりで書いた長編小説が出版されたのが、介護を始める三年前でした。それまで書いていたものとは、少し違う小説でしたが、わずかながら好意的な批評も現われ、それでまた細々の注文がもらえ、ながらえていたのです。

細々ですから、母を介護する時間もたっぷりあって、懸命になれたのです。

初めてのことには熱中する質でしたから、食事の支度、片付け、掃除、洗濯、なんでもがもの珍しかったのかもしれません。

それが一転しました。

先に、介護を始めてから三ヵ月ばかりで四キロも体重が減り、母が私の健康を気遣ってくれたことを述べました。

船を下りて以来、健康良好という自覚がありました。体重が減ったのは、介護のために動きまわった、それが運動量を増やし、余分な脂肪が落ちたのだろうと思っていました。しかし、考えてみれば、何十年間も毎年の慣例にしていた人間ドックに、もう三年入っていないことを思い出しました。

そこで、検査してもらうことにしたのです。

結果、膀胱と前立腺にガンがある疑いを指摘されました。

私はすぐに東京のガン専門病院に行き、精密検査を受けました。

膀胱への内視鏡のモニター画面にはオレンジ色の、暈《ぼ》けたブロッコリーのようなものが映りました。

「やはりガンがありますね」

医師は淡々と告げました。

前立腺にもガンはありました。

私は、とりあえずトイレに行き、個室に座り込みました。目の前が真っ白になったとか真っ暗になった、という表現をよく見かけますが、私は目前に白も黒も見ませんでした。ただ激しい当惑と怒りに駆られていました。

「こんなときにこんなことをしなくてもいいじゃないか」

喚きたかったのは、そういう言葉でした。

母の介護ができなくなるのでは、というのが当惑の中身でした。だれかがイタズラで、こんなときにこんなことを仕掛けてきた、というふうにしか思われず、怒りを感じたのです。

しかし、この激しい当惑と怒りは、思えばありがたいものでした。

それに紛れて、ガンの恐怖をほとんど感じなかったのです。

私は、日ごろからガンを恐れること、相当のものがありました。子供が怪獣を怖がるように、怖がっていました。

父親の血筋にはガンで死んだ者が多く、母の血筋にはないことに、夜道で手にする灯のような、はかない安心をしたりしていました。ガンは母系遺伝だという説をどこかで読んでいたからです。

ガンを誘発するといわれる飲食物にも気をつけて、警戒を怠りませんでした。農薬など決して撒かずに母が作った菜園の野菜を、日々食べられることを幸運に数えていました。港のほとりに住んでいますから、新鮮な魚をほぼ毎日食べていました。

「こういう食生活をしていて、それでもガンになったら、あきらめるしかないよね」

そう、母と話したことも二度三度でした。

とにかく、癌という字を目にするのもいやで、雑誌の頁などにその字があると、さっと閉じてしまうくらいでした。いまこれを書くにあたっても癌でなくガンと表記しています。癌という漢字にあるおどろおどろしい感じを厭うからです。恐怖を少しでも薄めようとしているからです。

自分がガンとなれば、震え上がって、泣いたり喚いたりするだろうと思っていたのです。それなのに、当惑のほうが勝っていたとは、ずいぶんおかしな反応だったのです。

ともあれ、母を介護できないのなら生きていてもしょうがない、いまのところからだに変調はないのだからガンは放置して介護に専心しよう。

心が昂《たかぶ》っていたからでしょうか、三十分ばかりいたトイレを出たとき、私はそう決めていました。

しかし、とにかく自分が陥った状況を正確に把握することが第一です。

医師の説明を聞きました。

幸い、膀胱ガンの手術は一週間の入院で済むし、前立腺のほうは、しばらく薬で抑えて様子を見ればよい、ということでした。

小学生のころから、何度も母に教えられた一つの歌が、このときふっと思い浮かびました。

憂きことの　なおこの上に　積もれかし
　限りある身の　力ためさん

山中鹿之助の作ったものと聞かされたような気がしますが、いま念のため調べてみたら、熊沢蕃山《くまざわばんざん》が作者でした。

母は、これまでの日々を、ほとんどこの歌を奥歯に嚙みしめるように生きてきたのではないか、と思うところがありました。

私は、実は子供のころから、「なおこの上に」なんて、そんなシンドイことはいやだ、できっこないと思っていました。しかし、いやでもやらねばならぬときがあります。

いまがそのときだ、と私も奥歯を嚙みしめました。

一週間という入院は、ちょっと長すぎるのではないか、と思いました。母は私がいないと不安に襲われるようになっていました。これも私の責任かと思いますが、また海に行ってしまった、と考えてしまうのかもしれません。ちょっとした買物に出ても、その留守にそんな妄想を抱いて、おびえていることがありましたから、心配だったのです。

実際、この日帰りの検査の日も、母を介護施設に託してきたのですが、やはり私の不在が母を不安定にしたようだと、あとから介護士さんに聞かされました。

にもかかわらず、また介護施設に託さなければならないのです。

仕事で一週間ほど東京に行かねばならないかもしれないのだけれど大丈夫か、と母に尋ねてみました。

母は不安そうに、返事をしませんでした。

しかし、血色は良く、これからまだ十年くらいは生きていてくれそうでした。一方で、私のガンは放置すれば二、三年で悪化するかもしれません。そうなったら介護ができなくなります。

ここは、一週間母に我慢してもらおう、と決めました。

東京の病院を選んだのは、万が一にも、私のガンが母の知るところとならない気配りでした。私がガンだと知ったら、母は心配と不安で死んでしまうかもしれません。

私は周囲のだれ一人にも言わず、手術の手続きを済ませました。手術の保証人には親族を立てなければなりませんが、東京の親しい編集者に訳を話して判子をついてもらい、続柄は従弟と記入しておきました。

母は、私が下船するまで滞在した介護施設に、再び頼むことにして、この手続きも済ませました。

手術前日の午前中には入院しなければならなかったため、私はその前日の午後三時ごろ母を介護施設に託し、六時ころの新幹線に乗りました。乗って三十分ほど経ったとき、携帯電話が鳴りました。私はデッキに出て、電話のスイッチを押しました。

「お母さんが倒れられました」

耳元で、そう言われました。二、三秒、なにを言われたのか理解できない、というより理解を拒んでいたのだと思います。

「なんですって」

「お母さんが夕食のテーブルに突然突っ伏して……」

「それって、どういうことですか」

「わかりません。いまもう救急車で病院に運びました」

「とにかく、すぐ行きます」

ちょうど、ひかりは次の停車駅に入るところでした。私は降りて、反対側のホームに走りました。

もう一度、乗り直し、また在来線に乗り換え、駅からはタクシーに乗りました。私はめったなことではタクシーに乗りません。バスに乗ります。介護施設には寄らず、タクシーを病院に走らせました。

私が東京に行ってしまった、取り残された、と母は思ったのではないか。その不安や悲しみのために、発病したのではないのか——。

「お母さん、生きていて」

ずっと胸に抱いて、ぎゅうと腕で囲っていた言葉を、抱き直していました。

病院の正面玄関は暗く閉じられていて、救急出入口から入りました。受付で母の名を言うと、近くのベンチにいた男が立ってきました。介護施設の職員でした。

「母は？」

「脳梗塞らしいです」

母の父母、つまり私の祖父母は二人とも脳溢血で死んでいます。祖父は、その日に死にましたが、祖母は意識が戻らないまま、二年後に死にました。脳梗塞なら、発症して半身が不自由になりながら、生きている人を知っています。

「生きてるんですね」

「はい」

私はもう一度受付に向き直りました。

「会えますか、母に」

「お呼びするまで、お待ちください」

「会えるんですね」

「いま医師と看護師に連絡していますから」

私はただ突っ立っていました。介護施設の男がまた寄ってきました。

「あの、申し訳ありませんが、ちょっと施設のほうに戻らなければならないので……」

「母の、運び込んだときの状態は？」

「わからないんです。救急車の中では、血圧など計っていましたが、なにか質問できるような雰囲気じゃなくて……、ここに運び込まれたあとは、ただこうして待っていただけで……」

「わかりました。どうぞお引き取りください。お世話様でした」

そして、じりじりと待ちました。十分後なのか二十分後なのかわかりませんでしたが、呼ばれて集中治療室に入りました。看護師さんが囲いまわしたカーテンを開いてくれました。母は鼻の両方の穴に管を差し込まれ、口を半開きにしていました。

息をしていました。

生きていました。

眼は薄く開けています。

「お母さん」

母はふっと息を吐きました。

「ぼくだよ、お母さん、わかる？」

かすかにうなずいたようでした。からだの横にある腕には、点滴でしょうか、管が絆創膏で留められています。その掌をそっと取ってみました。

「お母さん」

握った掌が弱々しく握り返されてきました。

「脳梗塞です。足の血管で生まれた血栓がポンッと脳に飛んで、詰まったんです」

うしろに医師が来ていました。私は母に聞こえないよう声をひそめて訊いてみました。

「助かりますか？」

「強い発作ではないのですが、お年がお年ですからね」

「助かるんですね」

医師は答えませんでしたが、肯定的な気配でした。

「こうして、話しかけていいんですね」

「無理はさせないでください」

医師は聴診器を母の胸に当てて、小さく会釈して行ってしまいました。私は母の枕元にある計器が小さな音を発して、そのたびに青い数字が動くのを見ていました。数字は大きくは変りませんでした。

三十分ほどそこにいましたが、看護師さんが面会は終りと告げに来ました。

「お母さん、すぐまた来るからね」

私は母の掌を握りました。母がまた握り返してくれました。

ともあれ、「憂きこと」はさっそく「なおこの上」我が身に積もってきたのです。

老老介護には、いや何事においても、途上さまざまな問題が起こることは当然ですが、老と老いずれかが病気になるという場合は、きわめて高い確率で覚悟しなければならないことでしょう。私と母の場合は老老ともに病を得てしまったわけです。

本当に参りました。

私は帰宅して、食卓の椅子に座って、さてなにをすべきか考えようとしました。東京の病院に電話して入院、手術をキャンセルしてもらうことは、すでに新幹線の中で考えたことですが、この日は日曜、時間も時間だったので連絡できなかったのです。ほかにも考えなければならないことがたくさんあるはずでした。けれども、霧の虚空を掻きまわし、手になにも残っていない感じしかありませんでした。

気がつくと、時計は午前零時を廻っていました。この日の十時には東京の病院に入っていなければなりません。

頼れるのは、前述したM酒屋のSさんしかいませんでした。Sさんに手紙を書きました。Sさんにも、私は自分の病気や入院のことを知らせてありませんでした。ただ、仕事で一週間ばかり東京に行かねばならない、とだけ言ってありました。

Sさま

お袋が昨夜脳梗塞になりました。市立病院に入院しています。

私が今日の午前中から東京で仕事があり、きのうの三時に○○（介護施設の名前）に預かってもらったのです。六時ころのひかりに乗って、六時半に車中に電話がかかってきて、知らされました。ちょうど駅に停まったので、飛び降りて戻ってきました。

お袋は夕食中に意識を失ったということです。いまは少し意識を取り戻していますが、麻痺があるのかものを言えません。

私は東京での仕事の約束をキャンセルできないので、今朝の新幹線始発で上京しなければなりません。

もし時間があったらでいいのですが、病院に行って様子を見てきてもらえませんでしょうか。親族以外は、ほんとはダメなのですが、ナースセンターに事情を話しておきます。Sさんが名前を言ってくれれば枕元に行けるように頼んでおきます。三十分しか面会できません。

私はもしかすると今日は帰れず、明日になるかもしれません。申し訳ありませんが、お頼み申し上げます。このパッドを持っていっていただけるとありがたいです。

お願いします。お願いします。

思わず、「お願いします」を二回書いてしまっていました。インクは消せないし、本当はもっと何度も「お願いします」と頭を下げたい気持だったので、そのまま封筒に入れました。パッドというのは、病院から持ってこいと言われた、介護用のおむつのことです。手紙と一緒に大きな包みを、Sさんの家の前においてきました。

東京の病院で、手術がキャンセルできれば、すぐ帰宅するつもりでした。キャンセルはできませんでした。

すでに段取りはできていて、無理にもキャンセルというなら、手術は二ヵ月後になる。それだけの患者がうしろに待機している。

そう言われました。

私はSさんに電話を掛けました。

Sさんは私の手紙に気がつくや、すぐに病院に駆けつけてくれたといいます。看護師さんとも話をしてきてくれたようです。容態は落ち着いているが、すぐに集中治療室を出られるという状態ではないということでした。

母が集中治療室にいるあいだは面会もままならない。一方、これからの二ヵ月間に、私の膀胱のガンがどのくらい大きくなるかわからない。

私はそのまま手術を受けることにしました。

手術後、まだ下半身に麻酔が効いている状態で、病室に戻されました。

足の指一本を動かそうとして、まったく動きません。母のいまの状態は、こういうものなのかと考えました。

いまごろは、私が側にいないので不安に駆られているのではなかろうか。

母のことばかりが思われ、たまりませんでした。

ベッドの脇で、血尿を袋に溜めている、その血の色を見守りました。私たち母子の行く手に、汚れた赤いカーテンがかかって、見通せない気分になりました。

母の頭の中は血に汚れている。

私の腹中も血に汚れている。

麻酔が切れてきて、苦痛が始まりました。

尿がパンパンに溜まっているのに、排泄することができない感じでした。

寝返りもできず、背中全体もみしみしと痛みました。

一晩、苦痛は続きましたが、翌朝には痛みが薄らいできました。

下半身も動きます。

母は、なお動けない状態にいる。

そのことが思うことの大半を占めました。Sさんに電話を掛けるために、赤い尿を溜めた袋を支柱に掛け、引きずって電話室まで歩いてゆきました。

「いまお母さんとこから帰ってきたばかり。呼びかけたらね、あたしのことがわかったようだった」

Sさんがそう言ってくれました。

ほっと心が軽くなりました。

Sさんは酒屋の店番をご主人に託して、これからも一日一回は見舞ってくれるということでした。もしSさんがいなかったら、と考えました。極端に言えば、私も母も生き延びることはできないでしょう。

東日本大震災のあと、花が咲くとか、そういったチャリティーソングが流行って、そのあふれるセンチメンタリズムに危ういものを感じました。感傷が、惨事に遭った人々を助けるべき主体、つまり国家とか企業の責任をあいまいにしているような気がしてなりませんでした。付随して、やたら絆という言葉が飛び交って、呑み屋の募金の空缶にお釣りの十円玉を放り込んで、被災民と絆ができたような顔をしている人たちの、一種高揚した表情に嫌悪を覚えもしたものです。

しかし、Sさんのことを思うと、やはり人はいろいろな絆によって生かされている、そのことを実感することができました。花の歌を歌う人たちや、空缶に十円玉を放り込む人たちの心にもつながっていけるかもしれないという気がしました。

「このまま順調なら、あさって退院」

三日目に、私は看護師さんにそう告げられました。

向い側のベッドにいた八十歳くらいの老人が退院してゆきました。この方は十六年前に膀胱ガンを発病し手術、それから五回再発し、今度六回目の手術だったといいます。

「このガンは再発しやすいガンだけれど、気をつけて観察していれば初期のうちに摘み取れる、まあ流感にでもかかって、一週間寝込んだつもりになればいい」

同室の者たちを、そう励ましてくれていました。

病室は四人部屋で、だれか退院すると、その日のうちにベッドがふさがる状態でした。それがみんな泌尿器のガンなのです。別の病室では、たとえば胃ガンとか、そういうガン患者が集まってきているのでしょう。

統計上では、日本人の二人に一人は生涯でガンになると言われます。

こんなにガン患者が増えたのは、発見の技術が進歩したからなのでしょうか、発病する者が増えたのでしょうか？

しかし、なってしまえばそんなことはどうでもいいことです。

いまの問題は、そういう患者が、もし介護しなければならない家族を抱えていたら、ということです。思いは、やはりそっちに向かってしまいます。

Sさんに電話を掛けてみました。

「きょうはたしかに、あたしのことをわかってくれたよ」

そうSさんが言いました。

「ほんと？」

「でも、あとから看護師さんが、いまの人はだれって訊いたら『魚屋さん』て答えたんだって」

「さかなやさん、さかやさん……」

Sさんは電話の向うで笑いました。もうあまり心配しなくてもいいと、言葉ではなく伝えてくれる、親身な笑い声でした。

「お母さん、お魚が好きだったから、お刺身のことでも考えてたんだよ」

「ありがとう、本当にありがとう」

五日目に、私の手首に巻かれたバー・コードのテープが剝がされました。母も、同じようなテープを巻かれ、投薬など全て照会しながら行われていました。それがなんだか物扱いのようで、いやな感じでしたが、いまは医療機関全部がこんな方式で患者の管理をして、万一の取り違えミスに備えているのだと思い至りました。

それにしても、ガンの手術がこんなにも簡単だったことに驚き、医療技術の進歩に感謝の念が湧きました。老人の医療や介護も日進月歩なのだろうと思います。しかし、それに政治なのか行政なのか、追いつけない状態なのかもしれません。

さて、私の手術後ですが、傷はお腹の中にあって、重い物を持ったりしなければ、どう動いても構わないのですが、及び腰になっていたと思います。そろそろと新幹線に乗り、そろそろと在来線に乗り換えて、また母のいる病院に直行しました。

母はまだ集中治療室にいました。

及び腰のまま枕元に寄りました。

母はいびきをかいて眠っていました。眠っているならいいけれど、昏睡だと困ります。

「お母さん」

いびきが止まりません。

「お母さん、ぼくだよ、仕事終えて帰ってきたからね」

「…………」

いびきは止まりました。鼻にはまだ管が入っていましたが、腕に点滴の管はありませんでした。掌を握ると、しっかり握り返してきました。

母の掌を私のちょっと不精髭の伸びた頰に当てました。

「＊＊だよ、＊＊の頰っぺただよ」
＊＊というのは私の本名です。
すると母の掌が動いて、もみもみしてくれました。

「お母さん」

思わず、母の瞼を指で開けてしまいました。瞼の中で瞳がさ迷い揺れ、私に止まりました。眼の中にふわっと水が湧いてきて、流れ出しました。

「お母さん」

「…………」

「一人にしといて、ごめんね。もう、ずっと側にいるからね」

「…………」

私は母の目尻を拭いてやりました。自分の目も拭わねばなりませんでした。

「早く治して、一緒に家に帰ろうね」

噴き上げるような感じがありました。母は口の奥でなにか言いました。

「え？　なに？」

母は切なげに、訴えるようでしたが、喉が鳴るだけで聞き取れませんでした。脳梗塞にがんじがらめに囚われた痛みや苦しみを訴えているのかと思いました。

「うん、うん、わかったよ、お医者さんたちも一生懸命やってくれてるからね。大丈夫、治るよ。すぐに、家に帰れるからね」

そのときでした。不意にはっきりとした言葉が母の喉を漏れ出ました。

「食べものをしっかり食べて……」

ああ……！

母は、自分がそんな状態になっても、私の食事のことを気に掛けてくれていたのです。

十八歳以後の二十年間ばかりを、私は学生として、またテレビドラマの脚本を書いて、東京で生活しました。それから実家に帰って、ほぼ三十年以上、日々母の作ってくれたものを食べて生きてきたことに、改めて思い至りました。気ままに出歩いて、好き勝手なき帰宅するや、急き立てて食事の支度をしてもらっていたのです。そして、いま、母は、倒れても私の食事を気遣ってくれているのです。

翌日、母は集中治療室を出ました。

個室に入れてもらい、母のベッドの脇に、もう一つ折りたたみベッドを置いてもらいました。私はそこに寝て、二六時中、母に付き添おうと考えたのです。

個室には、本来は入院患者のためなのでしょうが、トイレがついていて、これが私には大層ありがたいことでした。膀胱手術の直後ですから、まだ血尿が出ていました。それはまだしも、短いときは十五分、二十分おきに尿意が襲いくるのです。

我慢ができません。

我慢していると、漏れてしまうのです。

私は、母が用いていた介護用のパッドを流用しました。

母はおむつを当てなければならないことを、情けなく思っていたようです。その気持がわかりました。同病相哀れむ、ではなく、しかし似たような感情も湧いて、余計母に親身になれるような気がしました。

母はまだ朦朧としていました。

出てきたかと思えばまた入っていく、そんな私のトイレ通いを見とがめられないのを、本当にありがたいことに思いました。

ともあれ、浪浪介護、朗朗介護としゃれていましたが、ここからは漏漏介護になってしまったという訳です。

病室の窓の外では、なにか大きな工事をやっていました。巨大な掘削機械が朝八時からドンガラガラと動き出します。

私はともかく母が参っているだろうと窺《うかが》いましたが、聞こえているのかいないのかさえわかりません。呼びかけても返事をしてくれません。と言って、眠っているようでもないのです。

家にいるときも、一日の始まりは八時ころでした。母の寝ている部屋に入り、「おはよう、お母さん」と声を掛けると、「おはよう」と返してくれます。

西側の障子を開けると、母が今日の天候を訊きます。

「いいお天気だよ。ほら青空が見えるでしょう」

それからガラス戸を開け放つのです。

母は顔を横にねじって、外の木々や空の色をじっと見つめました。私は南側にある広縁のカーテンを開け、そこの大きなガラス戸も開け放って、空気を入れ換えます。

そして、母のベッドを起こし、南側の庭が見えるようにしてやるのです。そして、うがいをさせます。

母は庭の木々を見入っていました。

「ちょっと木が繁りすぎちゃったね。少し伐ろうか」

「木がたくさんあるからいいんだよ」

「五十坪の大自然だもんね」

私は一旦台所に戻り、果物ジュースの仕度をして、母の枕元に運びます。

リンゴ、パイナップル、バナナ、マンゴー、柑橘類をジューサーに入れてきて、その場でジュースにして見せるのです。

「おいしいねえ」

「ほんと？　おいしいまずいで、きょうのお母さんの健康を判断するのだから、お世辞なんか言わなくていいんだよ」

「ほんとに、おいしいよ」

もう一度、緑茶で嗽をさせ、口の中の果物の残りを洗います。それから、私は台所に戻り、朝食の仕度にかかるのです。

八時半にはヘルパーさんが来て、おむつを交換してくれます。

これが済むと、食堂まで歩いてもらって朝食です。

朝食は野菜サラダにオムレツ、スープ……。

こうした朝毎の片々が、入院されてしまってみると、懐かしくてなりませんでした。施設にいる老人たちが、ひたすら家に帰りたがる気持がわかりました。なんとか、もう一度元のような日々を母に、と願わずにはいられませんでした。

一般病室に移ってから、母のスケジュールが少し変ったようです。

まず午前零時に、母のからだの向きを変えに来ます。このとき、おむつが汚れていれば交換します。

この作業は二時間か三時間おきに終日行われます。

看護師さんでなく、多分看護助手さんがやっていました。

苦しそうに唸っていた母が、からだの向きを変えただけで、ぴたりと呻《うめ》くのをやめたことがありました。普通の健康な人でも、一晩に何回も寝返りを打っているそうです。病気でからだの自由を奪われた人は、寝返りも思うに任せないのです。床ずれなども、あっという間にできてしまうそうです。

あとのことになりますが、自宅に帰って療養する母のために、第一にしつらえたのは自動寝返りベッドです。これは一定の時間に、自動でからだの向きが変るのです。私は病院での介護に倣って、二時間でからだの向きが変るようにセットして使いました。自動ベッドでないと、夜中でも二時間おきに起きて、からだの向きを変えてやらなければなりません。これが、結構な労働なのです。看護助手さんは二人組で、一人がからだを支えている間に、もう一人が背中や脚にクッションの支えを入れていました。

自動寝返りベッドは、レンタル料金も高いのです。介護保険の限度額を越して、余分にお金を払わなければなりませんでしたが、まさに「背に腹は代えられず」というくらいに、必要なものだと思います。

これがなかったら、家庭での介護は無理だとまで思われます。介護される方が、すぐに床ずれを作ってしまうのではないかと危ぶまれます。すべての寝たきり老人のベッドは、いますぐ自動寝返りベッドにしてあげられないものか、と私は考えます。

病院では、夜中の患者への応対は、ナースコールによって看護師さんが行っていました。

ところで、私は仕事柄か「看護婦→看護師」という言い換えに抵抗がありました。中身は同じなのに、呼び方だけ換えて、なにか誤魔化しているような気がしてならなかったのです。

この病院で、認識を改めました。

看護師さんの仕事は、まさに医師に匹敵する、高度で重要な技術にまで高められていたのです。

ある医師が、ふとぼやき加減に言ったことがあります。

「私など入院病棟では、まるで看護師さんの使い走りみたいなときもあるんですよ。権力から言えば、向うのほうがずっと上です」

少しあとのことですが、母が痰を詰まらせて、苦しげだったとき、担当医師と廊下に出て話をしていました。

「このままだと、喉を切開しなければならないかもしれません」

そう医師は言うのです。

「そんなに重篤な状態なのですか」

「なにしろご高齢なので、普通ならなんでもないことでも、重大なことになってしまいかねないのです」

「ううむ、しかし……」

喉の切開などという大手術に、母が耐えられるだろうか、かえって死なせてしまうのではないかと、私は考え込んでしまいました。

そのとき、病室からニコニコ笑いながら看護師さんが出てきました。さっきてこずっていた医師に代って、痰の吸引器を受け取った方でした。

「取れました」

「え？」

「痰、取れましたから」

小さな可愛らしい看護師さんが、母の命を救ってくれたのです。

医師もびっくりしていました。少し、面目なさそうでもありました。

元々、注射とか痰の吸引といった技術的な仕事は、看護師さんの担当だったから、これは不思議議ではなかったのかもしれません。しかし、私としては、眼の前の幕がぱっと上がったように、「看護婦→看護師」が納得されたのでした。


病院の朝は六時三十分ころ始まります。

看護師さんたちが総出で、器械を載せた車を引いてきて、体温・脈拍・血圧・手足の動き・瞳孔なども見て、点滴や栄養注入の具合なども調べていきます。

これは夕刻にもう一度あります。

七時ころ、看護助手さんが来て、温かいタオルで母の顔を拭ってくれます。

七時半から八時のあいだに、担当医師の回診があります。

「脳梗塞の程度からは、もう食べ物を食べていてもいい時期なんですが……」

そう医師は言うのですが、やはり年齢のせいか回復が遅いらしいのです。

医師回診は午後四時過ぎに、もう一度あります。

朝食、昼食、夕食、いまはまだ食べられないので、その代りの鼻から入れた管に栄養液を流し込んでいます。また排泄のために下剤も入れているようでした。

十時過ぎから、これから始める脳梗塞後遺症のためのリハビリ指導の療法士、またベテラン看護師さんと思われる方が来て、以後の療養計画など、そして入院中の口内ケアなどについて、指導してくれました。


私はなんとか早く母に口をきいてもらいたくて、しょっちゅう話しかけていました。しかし、うなずいたり、小さく喉を鳴らすだけで、なかなか会話になりませんでした。私は不安でした。

一応、死の危険は脱したようでしたが、とにかく一度は母の間近に死は迫ったのです。私は自分の家の前を流れる川や、少し歩いたところにある海がなくなるのを考えたことがないように、母の死など考えたことがありませんでした。しかし、考えないではいられなくなりました。

万一、母を失ったら、私はどうなってしまうのか……。

天国は、私には想像できません。

地獄は、母のいない状態、いやこの世もあの世もない、ただの空虚だとしか思えませんでした。

一般病室に移って二日目、夜中に母の胸元に毛布が掛かっていないことに気がつきました。起きていって、掛け直してやると、手を私のほうに伸ばしました。

「あんた、どこに行って……」

「え？　お母さん？」

なにか訴えるように、母の喉が鳴りました。

「ずっと側にいたんだよ」

「………」

「寒くない？」

「寒い」

「おなか空かない？」

「うちぃ行って食べたい」

「うん、すぐ良くなるからね、うちに帰って食べよう」

「うちぃ……」

なにか母の内にうごめくものを感じました。明らかに、「うち＝家」という言葉への反応でした。

「ラッキョウが……」

「ラッキョウが食べたいの？」

「そこにあるから……」

母は虚空に右手を伸ばしました。

もうこれで何日、母はものを食べていないのでしょう。栄養液は注入されていても、食べたという気にはなれないのでしょう。

それにしても、なぜラッキョウなのか、ちょっと不思議でした。

後日のことになりますが、自宅の冷蔵庫にラッキョウを見出しました。母の発病前、たまには舌先に変化をと思って、私が買ったものでした。

とはいえ、母がそれを知っていたはずはないのですが……。

なんだか不思議でした。

いや、そんなことより、私は内心小躍りせんばかりでした。

「お母さん、ぼくがだれかわかるんだね」

「＊＊」

母は私の名前をはっきり言いました。そして、翌日から、看護師さんや看護助手さんにも「ありがとう」と言うようになりました。そして、また翌日には鼻に通していた管を、夜中に自分で取ってしまっていました。

「生きようという、お母さんの意思表示なのかもしれませんね」

鼻から管を通して栄養を摂らせるようになったら、余命は一年ばかりのものだ、と医師は言っていました。

この日から食事はペースト状のものながら、口から摂ることになりました。

母は日々、わずかながら回復してゆきました。そして、リハビリ専門病院に転院することになりました。

実は、私としてはもう少し回復してからと思ったのですが、なにか規則があって、老人をそう長く入院させてはおけないらしいのです。老人とその家族の希望通り入院させておいたら、老人だけでベッドは埋まってしまい、普通の病人を看ることができなくなる、というのが長く入院させておかない理由らしいのです。それもわかりますが、なんだか無慈悲なものを感じました。


病院を退院しても、とても自宅で療養はできません。脳梗塞の後遺症を治してくれる、リハビリ専門病院を三ヵ所廻り、その一つに決めました。決めた第一の理由は、付き添いができるということでした。

他の二ヵ所では、付き添いを断られました。

受け入れてくれたリハビリ病院は、奇《く》しくも父の実家にほど近い山里にありました。

「近ごろ大きな建物が建つと、たいていパチンコ屋か老人施設だな」

かねがね私にはそういう感想があり、そう言わなくては納まりがつかないような、田園の風景にそぐわない建物を、あちこちに見ることが増えていました。この病院も、川の流れに沿った、田んぼの中に建ち、間近に丘の連なりがある、環境としてはとてもいい場所にありました。

最初、私が入院の手続きに行ったとき、普通の個室には付き添いが同居できないと、間違って思い込んでしまいました。付き添えるのは特別室だけ、それなら仕方がないと、特別室に入院することにしました。普通の個室に三畳ほどの畳のスペースがあって、バス・トイレが付いていました。それで室料は一日一万五千円、月額四十五万円でした。

母の医療費、食事代は別で、支払いは月額六十万円になりました。

さすがにたじたじとなりました。

しかし、二六時中付き添ってやらなければ、母は不安のあまり病状が悪化するかもしれません。それで、その特別室に入りました。寝具付きだというので安心していたら、敷蒲団と掛蒲団が一枚ずつ、しかもその敷蒲団は、二つに畳んで寝ても、畳の目が背中に感じられるような、夏掛け蒲団より薄いもので、寝具といえるものではありませんでした。東京のビジネスホテルだって、一泊五千円も出せば、スプリングの利いたベッドに寝かせてくれます。

しかし、不服を言って付き添いを断られたら、と背中が痛いのを我慢しました。

この特別室は、二ヵ月で出ました。

普通の個室でも付き添いができるとわかったからです。こっちには付き添い用の折りたたみベッドがついていました。超薄い蒲団よりもはるかに寝心地の良いものでした。

しかし、師長さんが来て、昼間はベッドを廊下に出せと言うのです。畳んでしまえば、室内にあっても看護師さんの邪魔には全くならないのに、看護師さんたちもみなそう言うのに、師長さんは規則だからと言って、譲らないのです。


母のリハビリのために入った病院ですが、一日の内にリハビリが占める時間はわずかなもので、老齢のため一度にたくさんやって消耗させるようなことはできないとはわかっていても、ただ無駄に寝させているような気がして、焦りました。

短時間とはいえ、母のためにリハビリを施してくれる療法士の方々は、みな若く、真摯な取り組み方が脇で見ていてもわかりました。

ただ、例えば、嚥下に困難を生じている母に、嚥下力回復のリハビリを、せめて一日に一回やってくれと頼んでも、それはできないというのです。

いろいろ言い訳をしてはいましたが、つまるところ専門の療法士の数が少なく、病室を廻り切れていないというのが本当のところらしいのです。この病院では、通所リハビリも受け入れていて、ぎりぎりの人員でこなしているようでした。

とにかく、人手不足なのです。

こういう病院や施設が次々にできる、それはいいことなのですが、内容としての人材は薄いと言わざるを得ません。

　文句を言っても、結局は総理大臣に言わなければ解決しようのないことです。ついでに、総理大臣に言いたいことを、届きはしないでしょうが、付け加えておきます。

　特養、特別養護老人ホームのことです。国語辞典には「身体上または精神上に著しい障害があり常時介護を必要とするが、居宅でこれを受けることの困難な65歳以上の高齢者を養護するための施設」とあります。

　母を介護するようになって、Sさんからまず勧められたのは、特養への入所申し込みをしておきなさい、ということでした。

　現在までのところでは、病院、介護施設でなんとかお母さんを支えていけるとしても、支え切れなくなるときがあるかもしれない、そのときのために、ということでした。

　ちょっと不可解なところがありましたが、ほかならぬSさんの勧めですから、申し込んでみました。Sさんの勧めた理由がわかりました。

「現在待機中の方が百名ほどおられますが、よろしいですか」

　係員にそう言われたのです。

　月に二、三名が順次入所できる、ということでした。つまり、二、三名が亡くなり、そのあとに入ることになる、という意味でした。すると、年に三十人、百名の待機者があるというなら、三年以上待たねばならないということになります。

私の場合は、まだ余裕がありました。

しかし、いま現在「常時介護を必要とするが、居宅でこれを受けることの困難」な家族を抱えている人は、三年以上をどうしのいでゆけばいいのでしょうか。

老人福祉の問題には、このような局面がしばしば見られます。

第4章　愛と憎しみの現場

早よ死んでほしいが本音…

つい、話が飛んでしまいましたが、病院や施設が次々にできるのはいいことだけれど、内容としては薄い、という問題に戻ります。

リハビリ病院でも看護師さんと看護助手さん療法士さんが母を看てくれました。しかし、リハビリをもっと施して欲しいという希望がかなわず、たいそうもどかしい思いをしました。ついに私は、見よう見真似で母にリハビリを施すことにしました。

そうしてくれればありがたい、と療法士さんは言ってくれました。必要とされているのに応じられない悔しさを含んでいました。

これまでにお世話になった看護師、看護助手、療法士さんにも様々な人がいました。良い看護、介護、リハビリを施してくれて、感謝のほかない方々がほとんどですが、中には不服どころか怒りを覚えさせられた例もあります。それも結局は労働条件の悪さに起因するだろうと思えるので、その例を挙げておきます。

母の下の世話をしていた人を、うしろから蹴り倒したくなったことがありました。

母は、下半身むき出しにされての下の世話に、あまり慣れていませんでした。そのためでしょう、世話をされながら、利くほうの右手を、そっと下半身を覆うように動かしたのです。

その途端でした。

世話をしてくれていた女性が、バシッと母の手を打ち払ったのです。

うるさい、という声が聞こえたような気がするほどの、あまりにも邪険な打ち払い方でした。

「おいっ」

喉元に吹き上がった怒声を、私はかろうじて飲み込みました。

その女性は、背の高いきれいな人でしたが、いつも暗い感じを漂わせている人でした。この仕事が好きではないのだろう、と前から思うところがありました。

この方々の仕事は、他人への献身という気持が根本にないと務まらない、とても大変な仕事ではないかと思います。貰っている給料の額を、よそから聞いて、それではその仕事に愛着を持てなくても仕方がない、と私は考えたものです。

しかし、頭ではそう思っていても、そのときその人が邪険に振り払った手には、憎しみを覚えました。憎しみは一瞬のものでした。その上なにをしようと思ったわけではありませんが、その後その人の顔を心穏やかに見ることができませんでした。

リハビリ病院に移って、そういった邪険な扱いだけはないことが、私の期待するところでした。患者のほとんどは高齢の、しかも脳梗塞や脳溢血の後遺症を改善するために入院している人々なのです。やさしい心をもって、患者に接する看護師さんや看護助手さんばかりであることを、祈らずにはいられませんでした。

介護にたずさわっていると、介護士さんや施設への批評がしづらくなります。しかし、書かなくては、こういう文を書く意義はないでしょう。基本に感謝をこめて、批評させてもらうことにします。

リハビリ病院の医師も看護師さんも、いい人たちでした。

しかし、明らかに前の市立病院の医師や看護師さんからは、レベルが下がったと感じました。

例えば、看護師さんです。

一番気になったのは、患者の老人たちを幼児扱いにする看護師さんがいることでした。

たしかに、老患者たちは幼児になってしまっています。手足だって一、二歳児なみにしか動かせない人がいます。口だって一、二歳児ほどにしかきけない人がいます。考えだって、一、二歳児に劣るかもしれません。

だから、見方によっては可愛らしく、それでつい幼児言葉であやす気分になってしまうのも、無理はないのかもしれません。

「よちよち」などと……。

しかし、看護師さんたちが幼児言葉で扱っているのを見ていると、老人たちが哀れでならなくなります。

私は母に付き添っていて、医師の回診時には秘かに唇を嚙んでいました。母に自分の名前を答えさせたり、季節、年月日を訊いているときです。幼稚園児を相手にするような質問が、可哀想で仕方ありませんでした。

「だれに訊いているんだ。おれの母を馬鹿扱いするな」

医師は母の頭脳の状態を知るために訊いているとわかっていても、いい気持はしませんでした。まして、看護師さんたちの言葉の中に、多少でも軽んじたり、嘲《あざけ》ったりする調子があるときにはむかっ腹が立ちました。幼児言葉によって、軽んじ、小馬鹿にしているとしか思えない場面を、私はしばしば見なければなりませんでした。

彼女たちが、私の母に対して、そういう言葉を掛けながら看護、介護することはほとんどありませんでした。

私が付き添っていたからです。

身内の者がいる場では、幼児言葉を使って扱うことがないのです。幼児言葉に、軽んじたり嘲ったりする気持が含まれている、それが証拠だと思います。

幼児のようにふるまっても、みな八十年、九十年の人生を生き抜いてきた人々です。すべての医師、看護師は、尊敬の念をもって看護、介護を受ける老人に対するべきだ、多少とも上からの目線があってはならない、と私は思います。

付け加えておかなければならないことは、いまここで述べたような質の悪い看護師さんは、何人かに限られていた、ということです。また、こういう看護師さんに限って、特に夜中の看護、介護中にやたら同僚の噂、というより陰口をきくことが多かったようです。

もう一つだけ、看護師さんに対してむっとしたことを挙げておきます。

入院してから、しばらく経ってのことです。

母の食事は病室に運ばれてきました。

最近はどこの病院でもそうらしいのですが、ホカホカと温かいとまではいきませんが、ほんのりと保温された食事と、食事内容が記されたカードが、アルミの盆に載せられて届きます。

内容をちょっと紹介してみましょう。

【1／2すりとろみ】
粥小
味噌汁小白菜
スクランブル小
ホーレン草お浸し小
ゼリー

す。

【1／2すりとろみ】というのは、メニューのすべてが擂《す》ってとろみをつけたもの、という意味です。小という文字が付されていますが、これは一番小さいサイズということです。

味噌汁がついていますから、これは朝食です。この白菜の味噌汁にもとろみがつけられています。スクランブルはスクランブルエッグです。ゼリーはオレンジかグレープ味でした。

昼や夕食には煮魚マグロとか煮こごり鶏などが出ます。春雨サラダとかポテトサラダが付くこともあります。夕食にはスープが付きますが、これにもとろみがついています。ご飯もおかずも全部ペースト状になっていますが粒が残っています。私が小さなスプーンで、まず押しつぶして飲み込みやすくしておいてから、口に運んでやりました。

母は魚が好きでしたが、缶からすぽんと皿の上に抜いたらしいマグロのペーストをも好んだとは思えませんでした。食べ残したやつを、私は食べてみて、悲しくなりました。しかし、味がわからなくなっているのか、母は不満らしい様子はありませんでしたし、私もそのことについて、なにか申し立てるつもりもありません。

一食の代金として請求される金額を見れば、それが実際の代金の何割でしかないとしても、そう贅沢は言えません。

付き添いである私の三食も、母のメニューと同じ献立でした。擂りつぶさず、とろみもつけてない、味の薄い鶏やマグロの煮付けでした。

「お母さん、早く良くなって、うちに帰ろう、おいしいお刺身をたくさん食べよう」というのは、毎日の、母への慰め言葉でしたが、同時に自分の願いでもありました。

しかし、むっとした、というのは献立への不平ではありません。

私は手術後、週一回東京に通い、抗ガン剤を膀胱に注入されていました。

この日は朝早く病院を出て、夜にしか帰れません。元々完全看護のリハビリ病院だから、看護師さんたちに任せられるはずです。

私は看護師さんに手紙を書き、私の不在時のことを託しました。

看護師の皆さま

大変お世話になっております。

手厚い看護に、いつも感謝しております。

母の食事速度が遅いので、ご迷惑をおかけし、申し訳ありません。

朝食の前には、口腔清浄化のため、口腔ケア・スポンジを湿らせ、乾燥防止ジェルや一晩中に溜まった唾液などを拭い取り、それから入歯にポリグリップを付け、装着します。この際、入歯の一番奥と前歯に指を当て、押したまま一分ほど保つと、よく付着するようです。そのあと改めて湿したスポンジで入歯と唇のあいだを湿します。

食事ですが、市立病院での習慣からか、小匙でしか食べられません。朝食、昼食の際はもうろうとしていることが多く、いちいち声を掛け、眼を開かせてから食べものを口元に運んでやります。

嚥下に問題があり、ときどき咳き込みます。口に入れてからも瞼を閉じて、すうっと眠るようなことがあるので、そのたびに声を掛けて、眼を開かせます。

口の中に食べものがないことを確認してから、次の匙を口元に運びます。

そういうわけで、非常に時間が掛かります。

いまのところ、四十五分から一時間も掛かります。

誠に申し訳ありませんが、私が不在のとき食事を介助してくださる看護師さんの、ご参考までに記しておきました。

よろしくお願いいたします。

また、私が不在だと、非常に不安がりますが、その際は、ちょっとコンビニにでも行ったのだろうと、なだめてくださるとありがたいです。

よろしくお願いいたします。


食べさせるときの注意は、看護師さんたちには先刻ご承知のことでしょうから、こういう手紙を残すことにためらいがありましたが、書かないではいられませんでした。なお不安はありましたが、看護師さんたちを信じるしかありませんでした。

この病院は、拙宅から小一時間の距離にあって、どうしても帰宅しなければならないことが、十日に一回はありました。そんなときにも、母の食事介助を看護師さんに託さねばなりませんでした。

いつもは、私と母の食事は、部屋に運ばれてきて、まずは母に食べさせました。食べさせてしまってから、自分の食事をしていました。他の、付き添いのない患者は、食堂に集められて、そこで何人かの看護師さんから介助されて食事をしています。

母も車椅子に移され、そこで食事の介助を受けるということでした。それも刺激になって、かえっていいかと思おうとしました。そして、私は東京に往復しました。

夜、病院に戻って、母に「ご飯食べた？」と訊きました。

母はうなずいてくれました。

どのくらいの量を食べたのか、あとで看護師さんに訊きました。

「完食ですよ」

看護師さんはにっこり笑ってそう答えてくれました。

「母は食べるのがゆっくりだから大変だったでしょう？　ありがとうございました」

「十五分で全部食べさせましたから……」

「え？　十五分ですか？」

看護師さんは再びにっこり笑って、ぐいぐいと自慢げに、腕に力こぶを作る動作をして見せました。

母は、看護師さんたちへの手紙に書いたように、いつも四十五分から一時間かけて、食事を摂っていました。それを十五分で食べさせた腕前を、この看護師さんは鼻高々に誇っていたのです。

私は食べる速度が早いほうですが、それでも三十分はかかります。

嚥下の能力が落ちている母に、どうすれば十五分で食事をさせることができたのか？

それは優れた看護、あるいは介護技術なのか？

これは食事ではない。給餌だ！

以後は、看護師さんに食事の介助だけは頼まないようにしよう、と私は決心しました。

友人の奥さんに懇願して、私の不在時に母に付き添い、食事の介助をお願いしたのです。そしてなんとか週に一回の病院通いができるようになりました。

しかし、私はうしろめたさに駆られました。

母には私か、友人の奥さんが付き添っているから、口に押し込まれるような食事は、以後しなくてすみます。しかし、他の大多数の付き添いのいない老人たちは、一ヵ所に集められて、最低でも三十分はかかる食事を、十五分で済ませられているのです。

自分の母さえまともな食事ができれば、それでいいのか？　私にとって、母は大切な大切な存在ですが、他の入院患者たちも、それぞれの家族にとっては大切な大切な存在であるはずです。

食事という、欠かすことのできない、しかも一日のスケジュールの中では最高の楽しみであるはずのことが、これほどにおろそかにされていいはずがありません。

缶詰からすっぽ抜かれた鶏やマグロを、その缶詰ができた工程をさかのぼるように……、ベルトコンベヤーに乗せられた空缶にマグロのフレークを詰めていくように……、そういう食事をさせられている老人たちの姿ほど心が寒くなる光景はありません。

私は自分がたずさわることになるまで、いわゆる高齢化社会や介護のことに関心がありませんでした。本業そっちのけで興味のおもむくまま、ウナギ産卵場探しの航海に出たり、新種のウナギを探しにフィリピンの山奥をうろついたり、お気楽なものでした。

しかし、自分が介護に関わり始めてみると、さすがに無関心ではいられず、新聞や週刊誌の見出しに「認知症」とか「介護」の文字があれば、必ず読み、ときには切抜きまでしてきました。

そして薄っすらとですが、問題の所在を知ることができました。問題の根本は、介護のための国家予算が少ないということだと、目にしたすべての新聞週刊誌が言っていました。

これは常識、と言うもおろかなことです。

しかし、常識ではあっても、肌身をもって知ると、意味が違ってきます。たとえば、食事の介助のことにしても、十五、六人の老人の介助を二人か三人の看護師さんがてんてこ舞いでやっているのを見れば、一人の老人に費やす食事時間の短さを誇るようなことになっていくのは、致し方のないことだと思うようになります。

百歩譲って、そういうことが致し方ないとしても、薬に関してのいい加減さには怒りを覚えました。

たいていの薬は食後に飲むよう指示されています。それが、私の留守中には、食前に飲まされてしまっていたことが、一二回もありました。たまたま食事直前に戻ることができて、それに気が付いたのです。私はすぐに看護師さんを呼んで、咎めました。

「あ、そうですか、でも、食前だっていいんですよ」

これが答えでした。

食前でもいいなら、なんで食後とわざわざ指示してあるのか、聞きただす気にもなれない、気軽な態度でした。

いま、入院患者何人に対して何人の看護師、という決まりがあるはずです。母がお世話になった施設や病院も、決して違反しているのではないと思います。

そうして、ここに私が挙げたようなことが行われているのです。

人手不足が根本的な問題だと聞きました。

看護、介護の人材を東南アジアに求めているということも聞いたことがあります。

実は、ウナギの新種をさがしにいったフィリピンで、私はそのような日本向けの人材を育成している施設を、たまたま見学させてもらう機会がありました。

何人もの若い女性が、そこで訓練されていました。

びっくりしたのは、その教育内容でした。

一つの教室の大きな黒板が、小さな漢字で隙間もなく埋められていました。千字以上はあったでしょう。そこに書かれている漢字だけではない、その何倍もの漢字を書けるようにならなければ、日本の介護福祉士の試験に受からない、ということでした。

試みに、私はそれらの字を端から読んでみました。途中までで、一つか二つ読めない字がありました。

職業柄、恥ずかしいことかもしれません。しかし、こんな字はいままで使ったことがないし、これからも使うことはないだろうな、という字でした。他の漢字にも、ずいぶん難しいものがありました。常用漢字だけでも二千字ばかりあるはずですが、黒板の字の中にはその枠外の字もあったようです。

日本語の読み書き、話し、が求められるのはわかりますが、これは行き過ぎでしょう。日本の介護士さんで、これだけの漢字を読み書きできる人が何人いるだろう、と思わされました。

東南アジアからの、こうした人材の受け入れには高い垣があるそうです。質の良い人材を集めるためだというのでしょうが、なにか変です。

フィリピンの人々のホスピタリティーには、何度も温かい気持にさせられました。このような陽気な、やさしい人たちに介護されたらありがたいことだと思いました。

折しも、外国人介護士受け入れに関する法律が改正されたというテレビ・ニュースに接しました。

どう改正されたのか、詳しいことはわかりませんが、東南アジアからの介護士を、単に安い労働力として扱うのではなく、同一労働同一賃金の原則を守るべきだと思います。

日本人の、介護に携わる人たちの収入の低さを、多くの人が言っているようです。介護にまつわる問題も、彼らの収入を上げれば、たいてい解決解消できるのではないかと思います。

私は詳しくありませんが、保育士不足にも同じ問題があるようです。

しかし、なぜ医療や福祉関係にもっと多くの税金を使わないのだ、という嘆きは、多くの人が言い飽き、聞き飽きたことでしょう。

無論、金銭だけで解決解消できる問題ばかりではありません。

私が母を託す施設や病院を、あれこれさがし歩き、また消息通と思われる人に訊いて廻ったとき、耳にした噂を紹介してみます。

「あの施設だけはやめたほうがいい。歩いて入った人が、三ヵ月後には、介護タクシーで退所、家に帰って寝たきり、だよ」

「あの病院に検査入院で入ったら、棺に入って退院だってさ」

私自身の体験としても、母が市立病院に入院中の一つのエピソードを挙げずにはいられません。

ある朝、母は循環器系の検査をすると言われ、ベッドごと運び出されてゆきました。午後も遅くなって戻されてきたとき、母はかなり消耗しているようでした。

翌日、検査を担当した医師が、部屋に入ってきました。小企業の部長みたいな感じの、腹の出た男でした。母は不整脈があり、頻脈もありましたから、私は固唾を呑む思いで、彼の報告を待っていました。

彼は母を見下ろして言いました。

「まあ、いろいろありましたが、年齢《とし》が年齢ですからね」

これだけでした。

その「いろいろ」への対策はおろか、データさえ提示されませんでした。

年齢が年齢、などということは、なにも医師にわざわざ聞かされなくても、私は息子なのです、「お前なんかに言われなくても知ってるよ！」年齢が年齢だけれども、なお健やかに年齢を重ねさせてやりたいから、検査を勧める医師にうなずいたのです。消耗する検査を母に受けさせたのです。年齢が年齢で医療行為を施す甲斐がないというのなら、初めから検査などしなければいい。

保険を使っての医療行為はいちいち点数、つまり金が付着します。その点数を上げて利潤を図ろうとしたのでしょうか？

同じ病院での、もう一つのエピソードも、私には忘れられません。

母がリハビリ病院からも退院して、しばらく経ってからのことです。

自宅での夕食中に母が、左肩から左腕をビクビクと動かしました。それが止まりません。

脳梗塞を発症したときの主治医からは、後遺症として痙攣が起きることがある、痙攣だ、と思ったら、すぐに診せにくるようにと言われていました。

冷たい雨の降る夜でしたが、救急車を呼んで市立病院に運びました。救急室に入れられ、私は外で待ちました。

一時間半ほどして、私は中に呼び入れられました。

母は点滴をされていました。

痙攣は治まったようでした。

看護師さんが来て言いました。

「この点滴が終わったら、帰宅してもいいですよ」

私はほっとしましたが、ちょっと困惑しました。待っているあいだに、雨が激しくなっていたのです。

「ちょっと心配だし、一晩ここにおいてもらえませんか」

「そうですね、では、ちょっと医師に訊いてきますから」

看護師さんは出てゆきました。

すぐに白衣の若い男が入ってきました。

「病院はホテルじゃないんだよ」

いきなり敵意のこもる声と険悪な視線を浴びせられ、私は返す言葉もなく立ち尽くしてしまいました。あまりに唐突な理由のわからない悪意に、あっけに取られていたのです。

「しかし、もう介護タクシーの営業時間は過ぎてしまっているし……」

「自分の車はないの」

「救急車のあとを追ってきましたから、駐車場には置いてありますが……」

「じゃあ、それで帰ればいいじゃないか」

「小型のセダンですから、乗せるときには看護師さんに手伝ってもらうとしても、降ろすときちょっと……」

母の体重は五十キロくらいですが、半身に麻痺のあるからだはたいそう重く、一人で車から担ぎ出し、家の中に入れ、ベッドに寝かせるのは、不可能と思われました。

「だったら、乗り降りしやすい車で来ればいい、乗り降りさせられる人数揃えてくればいいだろう」

それができるのなら、救急車を頼んで診察を乞うようなことはしません。

第一、二十代か三十代前半の若い者が、七十代の者に向かっての態度ではないし、言葉ではありませんでした。言葉の内容も、病者を抱えて困っている者へのものではないと思いました。

私はカッとしやすい人間です。しかし、言い返すことはできませんでした。ここで喧嘩をして、以後の治療を断られたら、立往生しなければなりません。とにかく、病者のためには、ここではなにがあっても、医師には逆らえないのです。絶対喧嘩はできないのです。喧嘩できないことをいいことに、この若い医者は嵩《かさ》にかかってきました。

急患のための救急室の壁には、「救急車をみだりに使うな」という意味の注意書きが貼ってありました。

しかし、実は救急車は市井の者にとって、来てもらうのをためらう車なのです。サイレンのためです。来るときは遠くからサイレンを鳴らして来て、患者を車に乗せたら、また高々とサイレンを鳴らして搬送してゆきます。

夜など、サイレンが近所で止まると、ああ、あの家のお爺さんがとかお婆さんが、と気にかかります。明るいうちなど、近所の人々が心配して、覗きに来ることもありますから、一度サイレンなしで来てはくれませんか、と頼んだことがあります。それは規則でできないということでした。なにしろ、救急車は普通にはあまり使いたくないものなのです。どうしても使わなければならないから、やむを得ず使っているのです。

また、救急室の壁には「急病と称して救急室に来るな」という意味のポスターもありました。そして、「医師や看護師に向かって暴言を吐いたり、暴力行為に及んだものは警察に通報する」というポスターもありました。

この若い医者は、私が右の注意書きに反し、使わなくてもいい救急車を使い、必要もない救急治療を受けた、と言っているのでしょうが、これはれっきとした暴言です。「患者に対する暴言を吐いた医師」は警察に通報しなくていいのでしょうか？

私はこの若い男の顔を見直しました。

救急車をタクシー代りに使い、病院をホテル代りに使う、そういう男と、その母親だと、この男は思っているのだろうか。それとも、急に宿直をやらされてデートがパーになった、その鬱憤かなにかをぶっつけてきているだけなのだろうか？

いらいらとした態度口調からも、医療に携わる者の正義感から出ている言葉ではないことが明瞭でした。街角で因縁をつけてくるチンピラと同じ程度の男なのだ、まともに応対してはならない、と私は唇を噛みました。

「わかりました。いいです。引き取らせてもらいます」

「わかりゃいいんだよ」

私がテレビドラマを書いていた元シナリオ・ライターだから、ここで医ンピラ（医は誤植ではありません）のセリフを作って書いていると邪推される方があるかもしれません。しかし、断じてこの医ンピラの言葉は私の創作ではありません。切っ先を真っ赤に焼いたメスで私の胸に焼き刻まれた、正真正銘の医ンピラの言葉です。

医ンピラは出てゆきました。

若い看護師さんが寄ってきて、気の毒そうに言いました。

「若いものですから、あんな言い方しかできなくて……」

若いからではないことは、彼女自身が若いのだからわかっていたはずです。

私は駄目だと思いながら、介護タクシーに、電話を掛けてみました。案の定、介護タクシーの営業時間を過ぎて、運転手がいない、という返事でした。

私は途方に暮れました。

だれかここまで来てくれて、一緒に母を車に運び込み、また家のベッドまで運んでくれる人は……。

こんなとき第一に思いつくのは、Sさんしかありません。しかし、時計を見ればすでに九時半を廻っているのです。Sさんは朝が早い、仕事に疲れたからだをもう蒲団に横たえているかもしれない。横たえていたにしても、電話を掛ければ起きて、手伝いに来てくれる人です。

だからこそ、そういうことはしたくない。

小型セダンの助手席を倒して、乗せるのは看護師さんに手伝ってもらおう。降ろすときには、なんとか一人でやるしかない。強い雨の中を、玄関まで距離のある家に負ぶって運び込むしかない。

それは現実問題として、不可能です。

しかし、あの医ンピラにもう一度頼むより、母とともにびしょ濡れになって、二人で死ぬことになっても……。

そう決めたときでした。

携帯電話が鳴りました。

「志太タクシー」という介護タクシーの会社からでした。

「いま一人、ちょうど介護タクシーの資格を持つ運転手が帰ってきました、差し向けましょうか」

そう言ってくれたのです。地獄の沙汰の中に天の助け、慈悲の手が差し伸べられたのです。地獄の沙汰を行ったのが公立病院の医者（医師とあえて書きません）で、慈悲の手を差し伸べてくれたのは営利事業者なのです。介護に携わる人々の中には、本当の慈しみの心を持つ人々がいるのです。

来てくれたのは、医ンピラと同じくらいの年齢の、若い運転手でした。彼は、家に着くと、土砂降りの雨の中、自分はびしょ濡れになって、母をシートで覆って濡れないようにして、ベッドまで運んでくれました。玄関まででいい、あとは車椅子に乗せるのを手伝ってくれれば私がやりますと言うのを、「いや、ベッドまでが私たちの仕事ですから」と滴に濡れる頬をほころばせました。

医師は尊い仕事だといいます。

私も、そう思います。

一人や二人医ンピラがいたからといって、医師やその仕事全体が卑しくなるとは思いません。リンゴをかじったらウジが出てきた、そういう場合だったのだと、私は考えます。ただ、本来ウジがいてはならぬ仕事場だと思いますが、それにしてはウジが多すぎるとも思います。北関東の大学病院の、手術で十数人を殺した（と敢えて言います）医師が、たいした咎めも受けず国外に出たと報じられていました。医ンピラと言うには、少し年を食っていましたから、医クザでしょう。

いま、どこの医療施設に行っても、手術を受けようとすると、必ず「手術結果について、なにが起きても、イチャモンをつけない」という承諾書、親兄弟の判子までついたやつを取られます。これを書かなければ手術はしない、と言うのです。

医師とは不思議な職業です。

傷んできた家を修理しようとして、「家をぶち壊し、倒す結果になってもイチャモンはつけない」という承諾書を大工さんに出すようなことはありません。

なんでもクレームをつける人々がいて、その種の人々への対抗策として承諾書を書かせるのでしょう。しかし、医療とは本来、そういうことの対極にある崇高な仕事ではなかったのかと、私は考え込んでしまいました。

医ンピラのことについては、大変な後日談があります。

この市立病院の若い医師が、市内のスナックで出会った女性の酒に睡眠薬を入れ、昏睡状態の相手を自宅に引き入れて強姦していた、という新聞記事を読むことになったのです。四人の女性が被害に遭い、実はもっと多くの女性が毒牙にかけられているらしいとも報じられました。ＮＨＫのニュースで、勾引されていく医師の不鮮明な映像も見ましたが、あの医ンピラだったのか、確かめることはできませんでした。

その医ンピラは睡眠薬をアメリカに遊びに行ったとき、向うで手に入れたと供述している、と報じられていましたが、眉唾だと思いました。医師が睡眠薬を手に入れることなど簡単なことでしょう。わざわざアメリカに行ったとき手に入れなくても、病院内の薬局、あるいは近くの薬局に自分が書いた処方箋を持っていけば、いくらでも入手できたはずです。アメリカで手に入れたという記事に、私は病院の隠蔽、糊塗を感じました。

元推理作家の邪推でしょうか？

私は違うと思います。

というのは、この事件をＮＨＫ以外のテレビ局がほとんど取り上げなかったからです。

これはワイドショーの好餌というべき事件でしょう。

知り合いの主婦が、もっと詳しく知りたいのにテレビはなにをしているのかしら、といぶかしんでいました。

元推理作家は推理をたくましゅうしてみました。

おそらく、医ンピラの金持の家族が被害者と示談に持ち込み、金で口封じをしたのだ、と。

同じころ、千葉県の医学生と医師が強姦事件で逮捕された報道と比べても、あまりに報道量が少ないところからの推理です。

もうひとつ、凄いことがありました。

これもずっとあとのことになりますが、母の退院を、リハビリ病院から迫られ始めたころのことです。

私は母のベッドの脇で、介護の合間に仕事をしていました。足しげく通わなければならないトイレも室内にあったので、ほとんど部屋を出ることはありませんでした。

一日に十分か二十分、外に出るだけでした。そのときは洗濯機の洗濯物を取り出し、乾燥機に移すため、廊下を歩いていたのです。

向うから、知人が歩いてきました。一瞬、彼が私の母の見舞いに来たのか、と思いました。しかし、それほどの付き合いではありませんでした。

「お、どうしたの、こんなとこに？」

「そっちこそ」

「こっちはお袋が入院してるからだけど」

「こっちは女房」

そう言って、知人は母の病室の隣に顎をしゃくりました。

「え？　脳梗塞？　脳溢血？」

このリハビリ病院にいる患者の大半がどちらかなのです。友人は首を横に振りました。

「それがね、なんだかわからない」

「なんだかわからないって……」

「三ヵ月ばかり前、台所で夕食の支度をしていて、突然ぶっ倒れた。救急車で運ばれた病院でも原因がわからない。そのあと移された病院でもてあまされ、二ヵ月前からここに来た」

二ヵ月間、知らずに隣同士だったことになります。

「どういう症状なの？」

「首から下が全く動かない」

「ええ？」

「リハビリやってるけど、まったく効果が現われない」

「そんな……」

「脳溢血とか、原因がわかれば、効果的なリハビリができるけど、全然わからないから……」

私は言葉を失いました。

医学の目覚しい進歩が言われます。原因一つもわからないということが、不可解でなりませんでした。病室に入って、奥さんを見舞ってから、また廊下に出て話を続けました。

「元気だったんだろ？」

「いや、もともと血圧とか、あちこち調子が悪かったんだけどね」

「じゃあ、精密検査してもらえば原因もわかるんじゃないの」

「ぶっ倒れて、最初に担ぎ込んだ病院で、普段薬を飲んでるんだったら、その薬手帳を持ってこいと言われてね。持っていって、医者がそれをめくっているとき、アッと声を上げた」

「薬？　原因は薬ってこと？」

「わからんよ」

「アッと声を上げたんだろ？」

「それだけさ、あとはなにも言わなかった」

「薬、調べてみた？」

「いや、十種類以上飲んでたし、調べるったって医者がなにも言わないんだから……」

「インターネットで調べりゃ、たいていの薬の副作用はわかるよ」

「インターネットなんかできない」

「薬を出していた医者に訊いてみればいいじゃないか」

「近所の医者だし、本当のことを言うわけがない」

「おそらく、この薬とこの薬は一緒に飲んではいけないということがあって、そこんところで間違いがあったんじゃないか」

「証拠はないからなあ」

「薬手帳があるじゃないか」

「それを見た医者がアッと言った、それだけだ。そんなこと証拠にもなにもならない」

「そんなことはないだろう」

「転院するたびに、薬手帳を見せたよ。どの医者も、なにも言わない」

「薬が原因じゃないのかって、訊いてみなかったのか」

「訊いたって無駄だよ。ヤー公だって組内の犯人、いや同じ組じゃなくてもヤー公同士、警察にはタレこまない。同じことだ」

ヤー公と医者！

同じことでしょうか？

ヤクザは八九三、「三枚ガルタという博奕《ばくち》で、八九三《やくさ》の目が出ると最悪の手になることから」（広辞苑）存在価値を否定されている存在ですが、医師の敬称は国手です。いまも国の気品を支えることを期待されている職業なのだということを、是非忘れないでいただきたいものです。

私には何人かの親しい医師がいるので、ちょっと書きづらいところがありますが、介護と医療を体験した者としては、書いておくべきだから、もう少し書きます。

医師個人々々の問題ではないかもしれません。多くは医療の体制の問題だとは思いますが、その内部、つまり医師個人としても、この体制に向かって発言し、改革していくべきだと思います。

もう三十数年前になりますが、「医師は病気の二、三十パーセントくらいしかわかっていない」とラジオで聞いたことがありました。それが本当なのかどうかわかりませんでしたが、ふと自分の体験からうなずくところもありました。

十七、八歳のころのことです。

私は受験シーズンになると「風邪」を引いて、勉強がまるで手につかない状態に苦しみました。なにしろ、目がかゆくて、絶えずこすっていなければなりませんでした。ひっきりなしにくしゃみが出て、教科書や参考書を読む、その頁のうえにぽたぽたと鼻汁が落ちるのです。鼻紙はすぐ足りなくなるし、鼻は赤くなってひりひりしてくるし、そこでタオルを使いましたが、しばらくすると使える部分がなくなって、絞るとジュッと水が垂れました。風邪薬を飲むと症状は消えましたが、とても眠くなって勉強どころではありません。

たまりかねて病院に行きました。

風邪薬を飲んで寝て、翌日にはまたくしゃみが始まる、そんな症状を訴えました。医師は風邪だと言い、風邪薬を処方してくれただけでした。

「でも、先生、この変な風邪の原因はなんでしょうか」

私は懸命に食い下がりました。

このときの医師の返事を、六十年近く経ったいまでも、はっきりと憶えています。

「風邪の原因はウイルスでしょう」

いかにも人を馬鹿にした言い方で、医師はそっぽを向きました。

風邪の原因はウイルス！

そのくらいは未だ大学に入っていない受験生とはいえ、知っていました。ただ尋常ではない「風邪」の症状に困惑し果てて、白衣の裾にすがったのです。

当時、まだ花粉症は知られていず、患者数も少なかったから、医師も困惑していたのかもしれません。

こんなときでも、「知らない」「わからない」とは、医師は言えないのでしょう。言えば権威は地に堕ちる、とでも考えたのかもしれません。

医師が病気の何割を知っているのか、医師たち自身にもわかっていないのではないかと思います。ガン治療のことなど考えれば、わかっていない割合はそう低いものではないように、素人目からは測れます。

が、それこそ医師たちの精進によって、日進月歩しているだろうというのが、大方の者の医師への信頼と期待かと思います。ただ、どこまで進歩しても未知の領域は残るでしょうし、それならば……、

「風邪の原因はウイルスでしょう」

こんな傲慢さだけは、科学者としてとるべきではないと思います。

ついでに、患者側から医師たちの側を見て不審に思えることを並べておきましょうか。

たとえば、医師の学歴は医院の看板に表記しないような慣例があると聞いたことがあります。学歴などより、その医術の確かさに患者は慕い寄るのですから、学歴なんかどうで

もいいようなものですが、ふと不安になることもあります。

というのも……。

だいぶ前の話ですから、いまは違っているかもしれませんが、ある私立医大で入学試験トップの成績の者が不合格になり、ずっと下位の者が合格したという報道に接したことがありました。入学時に必要な寄付金が合否に関連したとも報じられていたように記憶しています。

医大は、普通の大学と違って教育設備に金がかかります。ですから、こういうことも致し方ないのかもしれません。しかし、いざというとき、金にものを言わせ、ずっと下位で合格した者の診療を受けたいと思う患者は少ないのではないでしょうか。

医師一人を作るためには、一億円の助成金が使われていると聞きました。

助成金とは、つまり税金です。

納税者として、医師たちの周辺情報を知る権利があると思います。

また……。

いま手術を受けようとして、執刀医のそれまでの成功率を知ろうとしても、知ることはできません。どこかが公表を禁じているのではないか、と思うほど情報は高い塀の内という感じです。

くじが当たるように、いい医師に当たることを祈るしかないのです。

これだけインターネットが発達し、情報が開示される時代に、これは奇妙なことではないでしょうか？

医師が患者の病歴を承知して治療に当たるように、患者も医師の経歴を閲覧する権利があるのではないでしょうか？

おそらく、医師になりたての若者が忌避され、ベテラン医師だけに患者が群がることになるだろうという危惧はわかります。

手術が初めてだと知ってしまえば、おじけづき尻込みしてしまう患者もいるでしょう。そんなことがあれば、医術は進歩しません。

だから、学歴を表に出さず、手術歴も公にはしないということも理解できます。

よく知りませんが、初めて手術をする医師にはベテラン医師が介添えするというような態勢は整えられていると思います。何回も介添え付きの手術を経て、一人前になっていくのでしょう。

しかし、若い医師へのそういう修練とともに、技術的に道徳的に医師として通用しないような者は、医師たちの側から排除に動くべきではないでしょうか。

私の挙げたような例は、極端なものかもしれません。しかし、そこまでではなくても、もうちょっとまともな医師に診てもらっていたらなあ、という嘆きを抱く者は少なくないと思います。

十数年前、親しい同年の友人が胃ガンで死にました。

近所の医院に通って、「胃潰瘍だ」「胃潰瘍だ」と言われているうちに、手遅れになっていたのです。毎回のようにレントゲンを撮っていたといいますから、信じられないようなミスだと思います。病院に移って、「手遅れ」を宣告されたとき、奥さんは医院の医師を告訴しようと憤ったそうです。しかし、私の友人は「いまの法律では、法廷の費用が無駄になるだけだ」と止めたといいます。なおも言い募る奥さんに「近所で親しくしていたのだし、故意にやったことではないから」と諌め、奥さんは断腸の思いで、とどまったのだそうです。

この奥さんのような思いを噛みしめている人は、少なくないように思います。

この友人の言動を、私は立派なものだと思いますが、こういう庶民の側の抑制を、医療を施す側の者たちは、どう受け止めるのでしょう。自らと、自らの〝階級〟の特権を、どのように律していこうと考えるのでしょう。

かつて、医師たちのあいだには「〇人殺して一人前」という言葉があったそうです。

よもや、いまも密かにこんな言葉が交わされているのではないでしょうね？

新聞の投稿川柳欄（毎日新聞「仲畑流・万能川柳」東京朝刊二〇一七年五月五日付）に、次のような川柳が載っているのを見ました。

早よ死んでほしいが本音厚労省（綾部　ナキヨルベ）

これは年金のことを考えて詠まれた句でしょうが、介護や医療を受けている人たちにとってもギョッとして、「あっ、ほんとだ！」と思わせる句だと思います。

私も介護を始める前には、国家予算の数字や年金の未来予測などを見ると、安楽死法案が必要ではないかと考えることがあった者ですから、これが厚生労働省の本音だったとしても、憤ったりはしません。

痛い痒いだって、実際自分で感じるまではわからないのですから、仕方がないことかもしれません。しかし、こういう本音に介護の周辺までが侵されているのを見ると、暗澹とせざるをえません。

たとえば、母の補聴器を買いに行ったときの眼鏡屋さんの対応も、それです。

先に、私は自宅を介護用に改修したことを記しました。このとき改修を請け負ってくれたのは、私の若い友人の一人だったことも記しました。

若い友人の見積もりは二百万円ということでしたが、彼が紹介してよこした東京の工事業者は改めて三百万円を請求してきました。

内容としては八畳余りの畳の部屋を段差のないフローリングに張り替えること、納戸を介護用トイレと介護用風呂に改修することでした。

若い友人が母のために勧めてくれた工事で、推薦してくれた業者のことですから、私は三百万円支払いました。

母の介護のためにする工事です、若い友人がマージンなど取っているはずはなく、工事業者にもできるだけいい工事を安く、と頼んでくれたはずです。私はケチな値切り方などしたくなかったのです。

結果……。

フローリングは明らかに中古材でした。そのせいでしょうか、改修後すぐに床がぶわぶわと太鼓橋のように膨らんで、歩けたものではなくなりました。風呂は私の望んだ製品がないと言われ、狭小なものを取り付けられてしまいました。この風呂では、その狭小さにヘルパーさんが悪戦苦闘することになり、結局母は一度も浴槽につかることはできず、シャワーしか利用できませんでした。

三ヵ月後には給湯器が故障し、その際修理に来たガス会社の社員から、その給湯器が十年前の中古品であることを知らされました。そして、二、三回の故障を経て、「これほど昔の製品には、もう部品がありません」と突っぱねられた挙句、使用不能になってしまいました。

新品は二十万円余と言われ、新設をあきらめました。

この浴室は、床を温める装置が付いているはずでしたが、電気配線の工事がされていなかったために、終始冷たい床のまま使わなければなりませんでした。

これらの不備の中で、業者が補償したのは、フローリングを切り縮め、また浮き上がってこないように釘付けにしたことだけでした。そのため我が家のフローリングには、所々に不様な継ぎ目が見え、釘の頭が見えているという有様になりました。他の不具合については、例えば風呂の床を温める装置は、「いや、ちゃんと工事をした」と言い張られ、なお交渉しようとすると強面《こわもて》に居直られたりしました。

無論、世の中には悪質な工事業者がいます。そのような輩に引っかかっただけで、こんな例はたくさんあるのでしょう。

ただ、ここに書かなければならないと考えたのは、これが介護用の改修だったからです。工事業者には、母の年齢を勘定して、二、三年使えればいいという粗末な工事をしていった形跡が明らかでした。

早よ死んでほしい、のが厚労省だけでなく、世の中一般の本音で、この工事業者はそうした風潮に乗っただけなのでしょうか。

こころ寒くなります。

第5章　絶望とかすかな希望

「あたしはもう　どうしようもないね。
人間のすることが
なんにもできなくなった……」。

リハビリ病院に移って、母は確実に回復に向かいました。全く動かなかった右脚がぴくぴく動くようになり、少しずつ力もこめられるようになりました。右手もぴくっぴくっと動くようになりました。

それがここで施されるリハビリ療法によることは、明らかでした。

リハビリはやっている本人にとっては、ひどく億劫なものだと、脳梗塞のあとリハビリに励む人に聞いたことがあります。母はしかし、たしかに回復しようという意思をもって、耐えているようでした。

私は、母の全身マッサージを、日に二回行うことにしました。二時間に一回、からだの向きは変えてくれますが、マッサージで全身の血行をよくすることで、リハビリの効果が上がるのではないか、という素人考えからでした。

母の下肢には静脈瘤と言うのでしょうか、青い血管がぼこぼこと盛り上がっていました。足の甲にはどす黒い内出血が、ずっと滞っていました。それは脳梗塞で倒れる前からでしたが、足の血管で生まれた血栓がポンと脳に飛んだ、という医師の話を聞いたとき、この内出血のことを考えました。マッサージによって、なんとかそこをきれいにしてやりたいと、私は思いました。

足の甲の内出血は一ヵ月後くらいから、段々薄れてきました。

脳梗塞再発の可能性を薄めているような気がして、私はさらに一所懸命マッサージを続けました。

母の言葉数が増えていくのが、内出血が薄れていく度合いに比例しているように思われました。会話の内容も、どんどん豊富になってゆき、この分なら遠からず発病前の状態に戻れるのではないかと、私は期待しました。

母の発病は初冬で、その二ヵ月後、このリハビリ病院に移ったのでした。窓からは、二、三日前に降った、暖国には珍しい雪が消え残って、裏山の茶畑が白と濃緑の段だら模様になって見えていました。

やがて、その裏山の日当たりのよい場所では梅が咲きました。根元のところには、菜の花の黄色が鮮やかでした。

山の反対側には川が流れていて、その堤には桜の老樹が並んでいました。堤の斜面が緑に色を変えると、桜が咲き始めました。

私は母を車椅子に乗せ、堤まで歩きました。入院したときは左足が踏みしめられず、車椅子に長くは乗れなかったのが、一時間くらいは耐えられるまで回復していたのです。

堤までの小道には、垣根からレンギョウがこぼれ出、チューリップが垣間見え、アスファルトの割れ目にスミレが咲き、土手には無数のタンポポが輝いていました。そのいちいちに車椅子を止め、母に教えて行きました。

満開の桜を見上げて、母は憂鬱そうでした。

まだドライブに行けたころ、玄関を出ると母は自分の作っていた菜園を眺めて、「はやく畔をぴょんぴょん跳んで歩けるようにならなくっちゃ……」と言ったものでした。

桜の満開の下も、子供のようにぴょんぴょんと跳んでゆきたかったのかもしれません。

五月の連休の始まる前に、退院ということになりました。

私には、もう少し左足が強く踏みしめられ、左手が動くようになってから、という希望がありました。それを話し、切に頼み込みました。

しかし、入院するときのこぼれるように愛想のいい笑顔が一変、けんもほろろに断られました。こういう病院には県からか国からか、監査があって、入院が一定期間を越えた患者は退院させる決まりがあるということでした。

決まりではありませんでした。

入院患者一人について、三ヵ月までは国からの補助金が十割下りるのだけれど、以後は七割に減らされる、利益率が落ちるから、さっさと追い出すのだと……。

医療は、なかなかおいしい商売なのだと……。

これは看護助手さんが、そっと教えてくれたことです。

退院は五月初め、と決められました。

すぐに帰宅するのではなく、一旦自宅近くの介護施設にショートステイすることにしました。

連休中は介護施設は混み合います。普段の週末と同じく、老人を施設に預け、家族が休むためかもしれません。週末のショートステイを何度か断られた経験から、大分前から五月初めの十日間を予約しました。

なぜ真っ直ぐ家に連れ帰らなかったのか、後悔することになりました。いや、十日ではなく、せめて一週間にすれば事態は違っていたかもしれないと、ほぞを噛む思いをしました。

約半年間の母の入院中、家には埃が積もっていました。掃除をしなければならないし、一度返却した介護ベッドを再び入れてもらわねばなりません。夏に向かい、エアコンのなかった部屋にエアコンを設置しなければなりません。完璧に整えておいて、母を迎え入れようと考えたため、十日間のショートステイを、施設に頼んだのです。

家の掃除は済み、ベッドも入りましたが、構造上エアコンが設置できませんでした。そこで応接間として使っていた部屋からソファなどを出し、そこにベッドを置くことにしました。ここには元々エアコンもあるし、日当たりも通気も家中で一番いい部屋なのです。

無論、清掃やその他の準備をしながら、毎日母の下に通って、進行状況を報告しました。母も、家の近くの施設だったせいか、帰宅を焦るふうはありませんでした。

十日目の朝食後を見計らって、迎えに行きました。

母の様子が変でした。

「お母さん、どうかしたの？」

「きょうは退所できない」

「え、なぜ？」

「頭が痛い」

私は母の額に手を当ててみました。熱はありませんでしたが、元気がありません。

「耳も痛い」

「いつから？」

「…………」

「なんで看護師さんに言わないの？」

「言ったってだめ」

声が小さく、ここまでの急変を施設の看護師さんが気がつかないはずはありません。

看護師さんが車椅子を押して入ってきて、母に呼びかけました。

「はいはい、お風呂に入りましょうね」

「ちょっと待ってください。頭が痛いと言っているので……」

「あら、大丈夫ですよ。朝ご飯元気に食べていましたから」

看護師さんはベッドの脇に車椅子を寄せ、移乗させようとしました。

「待ってください。頭が痛いと言ってるんです」

「まあ、車椅子に移すだけ移しましょう」

「向きが反対じゃないですか」

車椅子の足置きのほうを、患者の足の方向に揃えるのは、基本動作です。それが母の頭の方向に車椅子の足置きを向けているのです。それでは移乗できません。

「いいんです、これでいいんです」

太った赤ら顔の看護師さんは、なにかうろたえ焦っているように、あたふたと母を移乗させようとしました。

十時に退所ということにはなっていますが、まだ九時です。部屋を空けるとき追い立てるようなことがあるのは知っていますが、いまなぜそう急ぐのかわかりません。第一、車椅子の方向が逆ですから、移乗させられないのです。

ちょっと変なことに気がつきました。普通、車椅子に移乗させたり入浴させるのは看護助手さんです。

なぜ看護師さん自らがやろうとするのか。

看護師さんはなにかブツブツ言いながら、車椅子の方向を直して、母を移乗させようとしました。荒っぽい手つきでしたから、母の頭が車椅子の枕のところにドンッとぶつかりました。

「ちょっと！　頭が痛いと言ってるんです。気をつけてください」

看護師さんは下を向いて返事もしません。そのまま室外に車椅子を押してゆこうという気配でした。なぜか無理やり退所させようとしていると、はっきりわかりました。そのために、とにかく決められた手順を済ませて、追い出そうとしていると思われました。

「風呂に入れないでください」

返事をしません。

いよいよ変です。

立ちはだかるようにして、私は言いました。

「所長を呼んでください」

看護師さんは返事もせずに、出てゆきました。

所長が来ました。

「頭が痛いと言っています。様子もちょっと変ですから、病院に運びたいと思います。救急車を呼んでください」

所長は顔色を変えました。

「救急車はみだりに呼べません」

「みだりじゃありません。様子がおかしいんです」

「看護師は異常なしと言っています」

「本人が退所できないと言ってるんです。頭が痛いと言ってるんです。異常でしょう、みだりじゃないでしょう」

「救急車って状況じゃないですよ」

「あなたがそう判断していいんですか」

「……………」

「耳も痛いと言ってる。普通じゃない」

「耳ですか？　だったら、近くに耳鼻科があります」

「耳鼻科ならよくて、なぜ病院はいけないんですか」

所長はなにがなんでも救急車を呼びたくないのだ、ということがわかってきました。

「とにかく、救急車を……」

「いや、うちの車を出しましょう」

施設への入退所は、脳梗塞発症以前は私が自分の車でやっていました。この日もそうするつもりでした。

「すぐ手配します」

所長はあたふたと出て行ってしまいました。

そして、無理やりといったふうに施設のワゴン車に乗せられ、病院よりはるかに遠い耳鼻科医院に運ばれました。耳鼻科では、「耳の奥に小さな傷がある。補聴器で突いてしまったんでしょう」と言われ、薬を塗られて終りでした。

車椅子のまま帰宅できません。呼んでくれればすぐ来ますから、という施設の車を呼ばざるを得ず、帰宅させられました。

母は明らかに変調を来たしていました。

この施設でなにかあったのです。看護師か看護助手の不手際で「頭が痛くなる」ようなことが起きたのです。ベッドから落とすか、車椅子から落とすといった事故があったのではないか。

急変はそういうこと以外、私には考えられません。

あっと思ったのは、時計が読めなくなっていたことでした。

時計を読むことは、ボケないための訓練として、毎日やっていることです。昨日までは、たしかにちゃんと時計が読めたのに、自宅の大きな時計の針を呆然と眺めているだけなのです。

さらに一つ、食事のとき、口の端から食べものをこぼすようになっていました。昨日までそんなことはありませんでした。

なにか言いかけ発音不明瞭なので訊き返すと、「もうなにを言おうとしたか忘れちゃった」と悲しげに答えるのです。

ほかにもなにか気がつかない異常が起きているのではないかと、疑心暗鬼に駆られました。

どうしても思い浮かぶのは、母の頭を車椅子のヘッドレストにどしんとぶっつけた、看護師のふるまいです。

母が脳梗塞を発症したときのことが、改めて思い出されました。私は三時ごろ母をこの介護施設に託し、六時ごろの新幹線に乗りました。直後に、電話で母の発症を知らされました。

実は、この施設に最初に母を預けたとき、いつまでも付き添って鬱陶しいと思われては、と私は早々に帰宅しました。昼食の前でしたから、十一時ころでした。夜、顔を見に行くと、母がげんなりしていました。聞けば、十一時ころから夕食後の六時過ぎまで、食堂の椅子に座り続けたというのです。

七時間も椅子に座り続けさせられたら、壮年の者でも、エコノミークラス症候群にやられます。

私はケアマネージャーを通じて、施設にかなり強く抗議しました。個室を取ってあるのだから、そのベッドで休ませてやってもらいたい、と。

以後は、入所してすぐ個室に横たわれるようにしてもらいました。

しかし、施設側としては個々の部屋の老人たちをケアして廻るより、一ヵ所に集めたほうが効率がいいためか、いつも食堂には十人くらいの老人たちが、呆然と座っていました。ときには歌を歌わせたり、幼稚園の遊戯のようなことをさせたりしていました。

母だけをベッドに休ませることに、ちょっと気が咎めましたが、食堂の老人たちにはデイサービス、つまり昼間だけ預けられている人も交じるらしく、その人たちを部屋で休ませろとまで嘴《くちばし》を入れることはできませんでした。

私が上京入院するために預けた三時に、母はとりあえず食堂の椅子に座らされました。

私は、すぐに部屋に移してくれるだろうと、駅に急いだのでした。

移してはくれなかったのではないか。

夕食まで三時間座り続けさせ、そのために母は脳梗塞を起こしたのではなかったか。

そう考えて、私はほぞをかむ思いでした。

そして、同種の、老人患者にとって不都合なことが、また行われたのではないか、そのためにせっかく回復していた母は変調を来たしたのではないのか、と私は考えました。

私は町の主治医に往診を請いました。

主治医は脳梗塞発症後の母を知りません。

母は他人に対してはしゃっきりと応対します。このときの医師への対応も、急に立ち直った感のあるものでした。

聴診器を胸に当てて、脳のことがわかろうとも思えませんが、主治医は異常なしと言って、帰りました。

私は変調を来たしている母を運び込もうとした市立病院の主治医の予約を改めて取り、

母を診せに行きました。

この主治医の誠実さを私は信じていました。

彼も最初は、母の百歳を越えた年齢を知ると、幾分か投げやりな応対をしていました。しかし、その後私の「目の色を変えた」と人に評されるような介護を見て、態度を変えました。

「自分の親が、いまのお母さんのような状態に陥ったら、わたしはあきらめるでしょうが……」

医師はそう言いました。

そして、治療中にミスを犯したことを、私に告白してくれました。なにか投薬ミスがあったようです。専門用語の交じる説明を、私はよく理解できませんでした。しかし、早朝から夜の九時過ぎまで働いている、この医師の真摯な姿を見かけていました。自らミスを申し出てくれた、医師としての誠実さを私は信じ、ミスを咎めませんでした。医師は、できる限りの治療を約束してくれ、その後リハビリ病院に転院できるまでに、母を回復させてくれました。

私は、母の異変を訴えました。

しかし、この医師の診察においても、母になにが起きたのか、明白にはしてもらえませんでした。

素人の私が見ても、明らかになにか起きていました。先に述べた異変を具体的に訴えても、医師は困惑しているように、首をかしげるばかりでした。

帰路、私は介護と医療の各分野のかばい合いがあるのでは、と疑わざるを得ませんでした。彼らが一様に恐れているのは、自分や自分の属する施設の責任を問われることのようでした。

救急車を呼んでくれという私の要求をかたくなに拒んだ、そこにミスを隠そうとする意図が明白に見えた、と私は思います。

その後の病院の医師の対応にも、陰りを見ないではいられませんでした。

私は医療ミスに対しても、それを認めて謝罪してくれれば赦す、という立場を示したはずです。

どんなことにだってミスはある。

命に関わることだから、赦しがたいミスもあろうけれど、そこに医師の故意の行為がなければ咎めるべきではないというのが、医療ミスに対する私の考えでした。故意の行為の中には、自ら執刀した手術の失敗を隠すという、前述の例を含みます。

北関東の大学病院における事件について、新聞で次のような記事を読みました。

日本外科学会は、第三者委の委託で男性医師の執刀を含む同病院の外科手術を検証。死亡50例のうち手術が妥当だったのは、ほぼ半数の26例で、4例は手術すること自体に問題があったとした。残る20例は患者の容体などから妥当性に疑問があると判断。50例のうち37例は、死亡後に症例検討会を開いた記録がなかったとしている。

（「The Sankei Archives」《産経新聞ニュース検索サービス》二〇一六年七月三十日付東京朝刊社会面）


一人の患者は一人の医師のみによって診察され治療されるように見えるけれども、実は違います。カンファレンスといって、カルテやレントゲン、CTなどの資料を複数の医師が検討し合って、ミスを排除してゆくものだと聞いたことがあります。

そういう体制があるにもかかわらず、新聞が挙げたような非道なことがまかり通ってしまっていたのです。

これらは特異な例に過ぎないのでしょうか。

カンファレンスなど表向きの飾りに過ぎないなどとは、決して思いたくないのですが……。

先に述べたとおり、せめて医師の手術回数と失敗率は、要求すれば見せてくれる体制が必要だと、私は考えます。これは患者の側からの基本的人権の要求だと思います。

医師だけを保護的に扱い、患者側の命を思いやらない現今の制度はおかしいと言わざるをえません。

老人医療に限らない、医療機関は自らのミスに対する責任を絶対的に回避しようとして、周囲をがんじがらめに防御しているように見えます。そのためにも、自身を守る政治団体を持ち、自らの安定的な場所を守ろうとしているかに見えます。

それだけクレーマーが多いということかも知れませんが、また逆に見れば、それだけ胡散臭い医療が行われているということではないでしょうか。

他の業界から見れば、異様にしか映らないと思います。

この、私の信じていた市立病院の医師が、母の状態を明白にしなかったのは、介護施設のミスは暴かないと決めていたからではないでしょうか。各介護医療施設間にそのようなかばい合い、暗黙の取り決めがあるからではないでしょうか。

被害妄想ではないと思います。

私は、自分のこの体験から、このように疑いました。

介護保険制度の中で、もう一つ介護される側のことを考えていないのでは、と感じたことがあります。

私の母の例で言えば、リハビリ病院の退院に際し、母の介護に関わる全ての施設が集まって、会議を催さなければならないのでした。

病院関係者、ケアマネージャー、訪問看護師、リハビリに関わる何種類かの療法士、ヘルパー、介護用品のレンタル業者、訪問入浴業者、全員が出席できる場所を決めることから始まり、日程を調整し、一時間ばかりの会議によって決まったことしか、以後は行われないのです。

事務的には、そうしなければならないから、そうしているのでしょう。

しかし、この会議の議題の八十パーセントは不要不急のものでした。いわゆるお役所仕事のために、それぞれが無駄な時間を費やしているとしか思えませんでした。そうして事務的な書類を整えているのでしょうが、電子メールを使えば、それでなくても多忙な人々の時間が節約できるし、その分介護保険が有効に使えるのではないかと思います。

一体だれのために、このような会議を行わなければならないのでしょうか？

少なくとも患者、被介護者のためではないと思います。

母の場合、会議はリハビリ病院退院の数日前に病院で行われました。

しかし、退院後に十日間の入所を頼んだ介護施設でなにかあり、また母の状態が悪くなったこともあって、会議で決めた帰宅後のスケジュールはほとんど白紙に戻さねばならなくなりました。

ケアマネージャーに相談すると、かなりいやな顔をされました。

前のケアマネージャーがとてもいい方で、なにか相談すれば、とにかく母のためになるよう計らってくれました。ちょっと無理かなと思うような、直前のスケジュール変更なでも、一生懸命調整し、融通してくれ、いやな顔など一度も見せたことのない方でした。

急に、通知もなく、この方が担当から外れたときには、母のために融通してくれすぎたため、担当を外されたのではないかと、ひがみさえしたものでした。

この方が良すぎたのであって、代ったケアマネージャーは普通の人だったのかもしれません。会議で決まったことを全部覆されたら、面白くないだろうことは理解します。しかし、介護される者の生理心理に即応してケアしなくて、なんのケアマネージャーだとも思います。

一番困ったのは、週に二回予定していた排便のことでした。これは当初デイケア施設に通って、そこで看護師さんに摘便《てきべん》してもらう予定でした。しかし、介護施設でなにかあって通所できなくなったために、自宅に訪問看護師さんに来てもらわなければならなくなりました。すると、会議で決まった日でなければ、少なくとも最初の一回は行けないというのです。排便は看護師さんのスケジュールには合わせられません。

私がやらなければならない。

やろう、と思いました。

しかし、やってはならないのです、素人が摘便は……。

最初はかわいらしい人に思えたケアマネージャーの顔が豚にしか見えなくなりました。

幸いこの方はすぐにやめたらしく、後任の方はまたやさしい人に替わったので、その後は平穏に介護保険制度に頼ることができました。

母の便通に関しては、少し下剤の量を増やし、気をつけていて、臭ってきたところで、私が処理しました。


介護保険制度には頼らざるをえません。

しかし、もう二度とショートステイなど介護施設には頼らず、母を介護しようと、私は決めました。

もう一つ思い出さずにはいられなかったのは、介護施設に母をショートステイさせている間のことです。

私は毎日通い、母の歩行訓練を欠かしませんでした。ベッドから立ち上がらせ、廊下に出て、歩行器や私の腕につかまらせて、三十メートルばかりのコースを歩かせるのです。

その途中に、食堂がありました。

そこにはいつも十人ばかりの老人たちが座らされていることは前述しました。

多くの老人は目前でなにが起きようが全く無関心で、視線を当ててもきませんでした。

しかし、中に二、三人じっと見つめてくる老婦人がいました。

とりわけ一人のもの凄い眼差しが気になりました。まるで仇を見るように睨みつけてくるのです。無論、私にも母にも、恨まれるような心当たりはありません。

あるとき、その老婦人たちと同じテーブルで食事をすることになった母が、原因に気がつきました。

「お宅の息子はやさしくていい。うらやましい」

そう、あるお婆さんから言われたのだそうです。

母の腕を支えて歩行練習させる私の姿は、やさしい息子に見えたのでしょう。そして、それが嫉妬を誘ったらしいのです。それが憎しみにも見える眼差しになったのだと思い当たりました。

老人たちはみんな家に帰りたがっているのです！

私は、なんだか申し訳ない気持になって、歩行練習の際、食堂を通らないよう、コースを変更したものです。

私が介護施設に頼るまいと考えたのは、施設自体の問題もありますが、預けられた母の気持を、この経験から思うようになったからです。

老人たちはみんな家に帰りたがっている。

それがまざまざと見えるのは、エレベーターの前でした。

いつも何人かの車椅子の老人が、エレベーターのドアに接するようにたむろしていました。

ドアが開くと、切迫した表情があって、慣れないうちはギョッとしたものです。

老人たちはエレベーターに乗りたいのです。乗って、帰宅したいのです。

ところがエレベーターの昇降ボタンは上下にあって、同時に押さないとドアは開かないのです。

そして、上にあるボタンは車椅子に掛けていては手が届かないのです。だから、ドアの前に待機して、上ってきたエレベーターのドアが開き、人が降りてしまったらすかさず乗り込もうとしていたのです。

これは、帰ろうとしてエレベーターの前まで行ったときも同じでした。

私はエレベーターの乗り降りのたびに、かなり切ない思いをしました。


ともあれ、私は母を救い出すような気持で、施設から帰宅させました。

半年あまりの病院生活で、母は再びほぼ寝たきり状態になっていました。

そういう状態から、一歩でも脳梗塞発症以前に戻したい、と思いました。

まずは車椅子にしっかり乗ることができるということが目標です。左脚の麻痺もリハビリによって、かなり回復し、力がこもるようになっていました。

リハビリ病院からの退院間際には、三日にあげず車椅子に乗せて花を観に戸外に連れ出しましたが、帰宅してからは朝と夕、二回の食事は食卓で摂ってもらおうと決めました。

これには、日々の生活にアクセントをつけて、脳の働きを明晰に導きたいという希望のほかに、もう一つ目的がありました。

拙宅は東海地方の中部、その海岸の堤防から直線で二百メートルくらいのところに位置しています。

こう言えば、たいていの人にはわかっていただけると思います。

東海地震については、もう四十年くらい前から、明日来ても不思議はないと脅されていました。私は臆病なのでおびえて、備えをしていました。

地震保険に入ったのです。

しかし、その満期が十年くらい前に一度来てしまったくらいなのです。

母は長い貧乏生活の果てに、いまの家を建てたのですが、憧れだったのでしょう、鉄筋コンクリートの家を建てました。安い土地を買い、設計は私の友人に設計料半額でやってもらい、施工はあちこち見積りを取って、とにかく一番安い業者に頼みました。形は格好良く仕上がりましたが、木造建築より安く上がったのではないかと思います。

腐っても鉄筋コンクリート、地震には強いはずなのですが、あるとき私は庭先を掘ってみて驚きました。一メートルばかりで水が湧いてきたのです。おまけに砂地でした。これでは液状化現象はまぬがれず、二階建ての家がひっくり返ってしまいます。

それ以上に恐れなければならないのが津波です。

東海地震が起きると、その二分から五分後には津波が襲来すると言われています。津波の高さは十メートルから十八メートルに達する可能性もあるというのです。二分から五分で、仮に十メートルの津波が襲来したら、普通の人でも逃げようがありません。

いま、この地方には頑丈な鉄筋の骨組みで、津波避難タワーが要所に建てられています。しかし、私の家から一番近いタワーまででも、歩いて最低十数分は要します。海岸には五階建てのリゾートホテルがあり、そこのほうが近いのですが、津波から逃げるのに海岸のほうに向かうということは、心理的に無理だと思います。

それに、私一人なら、なんとかたどりつけるかもしれません。しかし、私は母を背負っていかねばならないのです。

母と二人、生き延びるためにはどうすればいいのか？

眠れぬ夜には、考えました。

とにかく、ある程度母にも動いてもらわなければ避難できません。そのために、日頃から移動することに慣れておいてもらおうと思って、食事は食堂ということにしたのです。

百六十年ばかり前に、この地方は安政地震（東海地震）と、それに伴う津波に襲われました。

そのときの津波は海岸から少なくとも三キロほど先まで達したという記録があります。いま国道が走っている、その辺りに「鳴子松」と呼ばれる古木があって、それは安政地震の津波のとき、その松の枝に鳴子（鳥獣の食害を防ぐため、竹筒や板切れを重ねたものを連ね、綱を引っ張るとカタカタと鳴って鳥獣を追う仕掛け）のように大勢の人がすがって助かったという伝承記録があるのです。

避難の方策を立てねばなりません。

しかし、自分と母ともども助かろうという目論見は挫折しました。

母の、ベッドから車椅子への移乗は、その方法をリハビリ病院の女性療法士に教えてもらって、習熟しているつもりでした。その女性は、きゃしゃな腕に力も入れず、するりと移乗させていました。

私も初めは、するりと移しやることができていました。

ところが、帰宅して一ヵ月ばかりで、いつの間にかぐいと母を持ち上げ、移乗させてしまうようになっていました。力持ちでもないのに、力任せにやるようになってしまっていたのです。

ある日、両手の指がことごとく腫れ、痛くて、持ったコップを取り落とす状態になっていました。症状をインターネットで照会してみたところ、「リウマチ」なる難病が浮かび上がりました。

私はガン発見まで、ほとんど風邪も引かない健康体を誇っていました。

ところが、リハビリ病院では水虫にやられました。

風呂付の特別室を出てみると、入浴ができなくなりました。近所に市営の温泉があったので安心していたら、設備が故障して、何ヵ月もの休業ということになってしまいました。それで、二、三週間ごとに帰宅したとき、ついでに風呂に入ることにしました。けれども、風呂の時間だけ病院に戻るのが遅れ、母が淋しがりました。

私は、フィリピンの山奥でウナギの新種をさがして、先住民の村に入り、そこの村長の家に、一週間ほども滞在したことがありました。床の五センチくらいの隙間から、床下の地面やそこに暮らす鶏や豚が見える部屋でした。その間、一度も風呂に入りませんでした。垢じゃ死なない、と高をくくって、病院では一ヵ月くらい風呂に入らないでいたのです。

先の開いた竹皮敷きのスリッパを履いて、素足で過していましたから、足の指が痒くなっても、まさか水虫などとは思いませんでした。病室は暖房が効いていて、少し動き回ると足の裏が湿る感じがありました。その結果の水虫でした。

あわてて薬を塗りましたが、足の指はまだときどき痒くなるのでした。

その上リウマチ?

ほとほと滅入ってしまいましたが、その痛む指で、母を車椅子に移乗させていました。食事の仕度もしなければなりません。また、下の世話をしなければなりません。

入院以来、母は下剤を使い、三日から四日に一度「摘便」によって排泄していました。

退院してからは、訪問看護師さんにこれをお願いすることになりましたが、何曜日の何時と決められた訪問時間に母の生理的欲求が合わないことが間々ありました。

下剤による便は軟らかい泥状で、おむつの前にまで廻っていました。ベッドの上で、リウマチの指で、それを処理するのは、なかなかに困難なことでした。

濡らしたタオルを十枚以上用意して、便がおむつから漏れ出ないように、少しずつ拭い取って、それからアルコールを含むティッシュで肌を清浄にしてやるのですが、何回も母のからだを右に向けたり左に向けたり直したりしなければなりません。

「痛い、痛い」

「ごめん、ごめん」

母が痛いと言えば、こっちの胸が痛みます。

元々不器用な上に、あわてたためにおむつを反対にあてがってしまったり、一時間くらいを要する、まさに孤軍奮闘なのでした。

そして、指の痛みが段々激しくなって、そのままでは母を床に落としてしまいかねない状態になりました。

なんとか指を治さなければ、介護ができません。

それでリウマチ専門を謳《うた》う医院に行きました。簡単な検査で、リウマチではなく、腱鞘炎という診断を下されました。

ほっとしましたが、両手の指をテーピングされ、とにかく指を使わないようにしないと治らないと言い渡されました。指テーピングのまま、車椅子に移乗させたりしていましたが、痛みは増すばかりでした。

もう一度、医院に行って、注射をしてもらいました。卓効があるけれど、あまり使うと腱が「ぼろぼろ」になると脅された注射でした。

腱は「ぼろ」程度にやられたのかもしれませんが、痛みは取れました。

私は取っ手のついたモッコのようなものをタオルで作ってもらい、ベッドの上でここに母のお尻を乗せ、取っ手を手首にかけて母のからだを車椅子に移す作戦に出ました。それでなんとかしのぐことができました。

しかし、なるべくベッドに寝ている時間を短く、車椅子で庭に出たり、できれば介護タクシーで菖蒲園やバラ園を訪れようという目論見はあやしくなってしまいました。

地震の際の避難方法、を根本的に考え直さなければならなくなりました。母を背負って、避難してゆくのは不可能でした。

そこで、たどり着いたのは、津波シェルターでした。

私はいい車に乗りたいという欲が、まったくありません。ガソリンスタンドの店員が、「ボロ車だなあ」と同僚に囁いているのを聞いてしまったことがあるくらいの、元々中古のボロ車に、すでに三回も車検を受けては乗っています。新車を買うつもりになれば充分買える二人用シェルターをインターネットで知り、パンフレットを取り寄せて検討しました。

母のベッドの脇に置いて、いざとなったら引きずりこむ、私も乗り込む、その所要時間は多めに見積もっても五分、なんとか母を助け、自分の命も助けられるかもしれない。

そう考えました。

注文しようとして、はたと思いついたことがあります。東日本大震災のとき、津波の水は一昼夜引かなかったと、読むか聞くかしたことです。

家から海岸の堤防まで二百メートルということは、すでに書きましたが、海抜は一メートルばかりです。母の建てた家は、鉄筋コンクリート造りですから、その室内に置いたシェルターは、戸外に流れ出ません。すると、一昼夜以上、シェルターは室内の水中に取り残されることになります。

私は東日本大震災後、早い時期に被災地の様子を見たことがあります。瓦礫の山はコンクリート、金属、プラスティック、木材の集積でした。そのほとんどが、元はどんなものだったのかわからないほど、ずたずたにされていました。

シェルターのパンフレットには、津波の中でもまれても破損することはないと謳われていましたが、コンクリートの建物の内部に充満する水中に閉じ込められたら……。

改めてパンフレットを見直すと、シェルターの中の空気は、二十四時間くらいしか持たないと書かれていました。津波の波浪が収まったら、ハッチを開けて様子を見たり空気を交換できます。

しかし、水没した建物の中に閉じ込められて二十四時間以上持ちこたえるには、酸素ボンベでも持ち込むしかない。と、そんなことを考えていた、ある夜のことです。母がベッドの柵をガチャガチャと動かす音で眼が覚めました。

「お母さん、どうしたの？」

私は起き直って、時計を見ました。おむつを換える時間でした。おむつを換えるときには、温かいタオルで拭いてやります。私は湯沸し器の温水でタオルを絞って用意し、おむつを換え始めました。

そのとき、母が私の耳元で、「あんたが……」と言いました。

「うん？　なに？」

「あんたが苦労して……」

「苦労なんかじゃないよ、こんなことくらい……」

私は母に笑いかけました。母は納得のいかないような表情で、私を見て、またなにか言いました。

「苦労して……」

苦労なんかじゃないったら、むしろ楽しいよ、と言おうとして、ぎょっとしました。

「苦労して」ではない、「殺して」と言ったのではないか、そう思ったのです。

確かめるのが怖くて、私はなにか軽口を叩き、おむつの処理にかこつけて部屋を出ました。戻ったときには、母はもう眼をつぶっていました。

「どうしたら死ねるか教えて」とあるお婆さんから訊かれたことがある、とヘルパーさんから聞いたことがあります。翌朝になっても、前夜のことは悪夢のように残って、心に重い鎖を引きずる気分でした。

その日、別の会社のシェルターのパンフレットが届きました。それを眺めているとき、不意に私は思いました。

「津波が来たら、じたばたせず、母と一緒に、逃げずに巻き込まれてやろう」と。

たったいまの地震の、ひどい揺れのことを穏やかに話しながら、丈夫な紐で母と私のからだを繋ぎ結わえて、轟々《ごうごう》と近づいてくる津波の音を、むしろ楽しんでやろう、と。

私は少年のころから、臆病なくせに、激しい状況に憧れる心情を持っていました。暗黒大陸や緑の魔境にさ迷うことしか空想しない少年でした。

青年期には、革命の渦中に身を浸したいという願望に取りつかれました。ロシア革命、スペイン市民戦争、キューバ革命に書物の中でわくわくしていました。

「ことあれかし」

俯瞰ではなく、肌身に触れる現実として、激しい出来事の渦中にいたい、というのが常住坐臥の心根でした。

小市民に過ぎない者にしては、不穏な根性です。

不遜な心情だ、とも思います。

青少年ならともかく、中年老年になってもそんなことを考えているやつは、馬鹿です。

馬鹿は死ななきゃ治らない！

そして、ふと思えば、地震や津波の大災害の危険がすぐそばにあったのです。まさに、渦中にいることができるかもしれないのです。

母を馬鹿息子の巻き添えにするのは申し訳ないけれど、状況がいかんともしがたいのですから、許してくれるかもしれません。

介護される身に、母がなってしまったことが運命なら、地震や津波に巻き込まれることも運命なのだろうから、じたばたしないで私と手を取り合って従容《しょうよう》と死んでくれるかもしれない。

それが、寝たきりを介護される者、介護する者、の行きつく自然な姿、人間の姿なのかもしれない。

ちょっと飛躍が過ぎる「悟り」かもしれません。しかし、ここまで介護に専心してきた身には、自然な、心の落ち着き先でした。

私は紐を用意しました。

母の作った紐です。

家の中に紐や手提げ袋を見ることがよくありました。私のいないときに所在なさを埋めるために余り布で作っていたのだと思います。幅三センチ長さ一・五メートルほどの色の違う紐が何本もありました。いざとなったらこれで母と私をしっかり結び合わせようと思いました。

結びながらへその緒のことを考えるだろうと私は思いました。二十年ほど前に母から渡されたへその緒をどこかにしまい忘れています。けれどもこの紐が、母と私をつなぐ新たな、そして最後のへその緒になる、と。

自分たち二人だけは助かろうとするうしろめたさも、これで解消です。

私はシェルターの注文をやめました。

庭先の合歓《ねむ》の木の下にはハマカンゾウのオレンジ色が群れ、向うの藪の中にはオニユリが咲き、母と私が好きな季節、夏が来ていました。

母が半身不随、私はガン二つ、腱鞘炎、水虫を抱えて、これからが介護の真髄に触れられる真実のときなのかもしれない、と私は構えなおす思いで、母に寄り添って庭の花々を眺めました。

先述したとおり、介護施設での最後の一夜、なにかがあって、せっかく回復していた母の体調や物事を認知する力が、一気にガクッと落ちました。

咀嚼、嚥下の能力が衰えてきたので、軟らかいものを摂らせるよう心がけました。しかし、少し前まではそのまま食べていた生ウニが、潰してやらなければ食べられなくなっていました。刺身も小鉢にとってよく潰してからでなければ喉を通りません。

朝食はお粥かパンですが、パンのときは豆乳に浸して軟らかくし、卵はふわふわ卵です。ふわふわ卵というのは、牛乳を入れて掻き混ぜ、レンジで熱して作るのです。インターネットのレシピサイトで見つけ、作ってみると母の口にもあって、定番化しました。ホウレンソウなども、茹でてミキサーにかけとろみをつけるのです。トマトは、もうそのままでは喉を通らないので、ジュースにしました。

日々の献立に、変化をつけるために、市販のとろみをつけたおかずも加えました。鶏肉と野菜とかビーフシチューといったものが、レトルトパックになっているものです。

食事にはさらに時間がかかるようになっていました。夕食を七時に始めて、終わってみると九時を過ぎていることが常態になりました。それから自分の食事ですが、どうしたことか空腹感が失せていました。

自分のガンのことを思えば、体力や免疫力を落とすわけにはいきません。

私も押し込むように食べました。

食事以外の介護は、元のように朝夕のヘルパーさんによるおむつ換えを復活してもらいました。加えて、週に二回の訪問看護を頼み、摘便してもらうことになりました。他には週二回療法士さんに来てもらい、手足のリハビリを続けてもらいました。さらに週一回、マッサージ師さんに来てもらい、これはリハビリの効果を高めるためでした。

これでもう介護保険の限度を越えています。

一からではありませんが、やり直しです。

そのことを、私はケアマネージャーさん、ヘルパーさんや看護師さん、療法士さんに話し、回復への協力を頼みました。

もともと母には不整脈がありました。

脈をとってみると、一分近く脈が感じられないことがありました。素人の脈診です、ちゃんと取れていないのかもしれません。脈が感じられるときは、一分間に百八十回くらいも数えられることがありました。

不整脈にしても、頻脈にしても、母の腕をとって顔を眺めていると、しんしんと不安が募ってきました。

とくに、不整脈は脈が結滞しているときに血栓ができ、それが脳に飛べば、また脳梗塞ということになります。

気掛かりでなりませんでした。

医師たちにも、食い下がるように対策を相談してみましたが、薬を出してくれるだけで、さてその薬を飲ませてみても、さして効があるようではありませんでした。

ヘルパーさんたちも日に三回のおむつ換えに来てくれたとき、バイタルといって、体温、血圧、脈拍を計り、首をかしげて気遣ってくれましたが、どうしようもないといったふうでした。

私が、このころの自画像を描くなら、まず丸を描き、これが頭、その中に並べて小さな丸を二つ、黒く塗りつぶすでしょう。これが眼です。それだけで、鼻も口も描きこまず、耳も省くでしょう。からだは一本の線で、足は二本の線です。少し開いて描かないと、胴体との区別がつかないから二本に開いて描きますが、立ち尽くす思いのためには、本当は一本の棒で描きたいところです。手もからだの脇の二本の線、無力感を表現するためにからだに沿ってだらりと垂らしたいけれど、それでは胴体と区別がつきませんから、少し離して描きこむことになるでしょう。

つまり、母の症状を、手をこまねいて見ているしかない虚しさは、そういうふうにしか描けないということです。

そういう状態でありながら、季節は進みお盆の迎え火が家ごとに焚かれる日々になりました。

母の誕生日は八月十四日で、百三歳になります。

私たち母子の住む港町の、海上花火大会の日でもあります。毎年「お母さんのために市が誕生日を祝ってくれるんだよ」と、少しふざけて言っていました。

歩いて十分もかからない海岸に出れば花火はよく見えますが、母は高さ三メートルばかりの堤防の階段を、もう登れません。

去年は食堂の椅子を、花火の見える川沿いの路傍に出して、蚊取り線香を五、六巻も焚いて見物しましたが、今年は車椅子のまま、同じ場所に陣取りました。

家並みの上に小さな花火が半分見えます。ときどき高い空に大きな花が満開になります。いい風が吹き、お陰で蚊も寄ってきませんでした。

「ほら、空の下のほうが明るくなったでしょ、仕掛け花火をやってるんだよ」などと、私は解説してやりました。

去年は声を出して喜んでいましたが、今年は声を立てません。でも、横顔をうかがえば、花火に目を当てているようでした。

昨夜、おむつ換えと補水のために午前三時に、母を起こそうとしました。どうしても眼を覚ましてくれませんでした。

眠ったままおむつを換えました。

また脳梗塞を起こしているのではないだろうか。不安に駆られて豆電球の暗い光の中で、しばらく母の顔を見ていました。救急車、を思いましたが、あの医ンピラの居丈高な物言いを思うと、動けませんでした。

口の中に氷片を入れて目覚めを促す、という看護師さんから教わった方法を試してみました。すると、うめきながらようやく目を覚ましたようなので、「ごめんね、無理に起こしてごめんね」と謝りながら水を飲ませようとしましたが、はっきり覚醒していなかったのか、ほとんど口の端から漏れ出てしまいました。

そして、今朝は八時になっても目を覚ましませんでした。

ベッドの中でからだを起こし、目はつぶっていますが覚めたようなので食事を始めました。

お粥小碗に半分、温泉卵、温野菜数種をミキサーにかけマヨネーズ味に調えたもの小椀半分、味噌汁。

母は瞼を閉じたままながら、自分で嚙んで、呑み込んでくれました。

昨日の夕食は、口に入れてやったものを嚙みもせず、呑み込むこともしませんでした。途方に暮れ、私は泣きながら食べてくれるように頼みました。泣いたのは半分以上は演技で、泣いて懇願すれば食べてくれるかと思ったのです。

しかし、食べてはくれず、せめて水分だけは摂らせようと、何度も口元に運んだお茶にも唇さえ開きませんでした。

私は途方に暮れ、本当に悲しく、いったいどうすればいいのだと苛立って、無理やり口を開けさせ、匙を突っ込むようにしてお茶を飲ませました。そして、今度は本当に泣きました。

「もう駄目だ」

介護してやれない。

一緒に死ぬしかない、と思いました。

冷静になれば、食べないときは食べさせないで、飲まないときは飲ませなくていい、自然に任せるしかない、と考えられるのかもしれません。しかし、一食一食、一匙一匙に、これで体力維持をと念じるのです。回復のための栄養を摂ってと願うのです。お茶の一匙にも、血が濃くなりすぎないよう、脳梗塞を再び起こさないようにという思いを込めていると、つい感情は昂ってしまうのでした。

思い返してみれば、こんなことは何度もありました。

花火のあと、遅くなった夕食を摂りました。

トンボマグロの刺身、ホタテガイ刺身、クリームシチュー、白粥。

なんとか三分の一ほどを食べてくれました。

食べながら眠ってしまうこともあるので、瞼に絆創膏を貼って吊り上げ、眼を開いたままにしました。このとき眉毛にはクリームを塗っておかないと、絆創膏をはがすとき痛がるし、眉毛を抜いてしまうことになります。

普通の会話ができました。

普通、といっても、

「デザート食べる？」

「いらない」

「お茶は」

「ちょうだい」

そんな会話でしかありませんでしたが、私にはとても嬉しいものでした。

花火大会が終わると、秋が近づいて来ます。

葉が赤くなり、半分は落ちてしまった庭の山桜に、ヒヨドリの母子が来るようになりました。巣立ちしたばかりの雛《ひな》とはいえ、もう母鳥と同じくらいの大きさがありました。

今シーズン二度目の繁殖で、二番仔でしょう。

つがいではなく、どうして母子とわかるかといえば、少し小さめの一羽が枝にとまって、幼い声を出していると、もう一羽がそばに飛んでくるのです。すると、小さめの一羽が羽毛をふくらませて、か細い声を振り絞って鳴きたて、ぶるぶるとからだを震わせるのです。すると、もう一羽がそばに寄って、口移しになにか与えているのです。そして、母鳥はまたどこかに飛んでゆきます。残された仔鳥は、うずくまるように枝にとまって、ときどき心細げに鳴いているのです。

私は、いつも母と私に引きくらべて、眺めてしまいます。私は七十歳を越え、母も百歳を越しました。いまでは母に養ってもらっているという状態ではありません。しかし、なお母鳥の姿に母を、仔の鳥の動きに、母に甘える私の姿を見てしまいます。それがいまだに母と私の精神的な姿だと、思わずにはいられないところがあります。

かつてヒヨドリが運んできたものか、庭木に交じって勝手に生えてきたハゼノキが、真っ赤に葉を染めました。

母の状態は、大波があり小波があり、その間にふと水面が空を映すような、頭がはっきりしたときが訪れるといったふうでした。そういうときには、朝夕に来てくれるヘルパーさんとも言葉を交わしていました。

「そのシャツはどこで買ったの」

そんな母の声が聞こえたことがありました。

「スーパーですよ」

「いい柄ね」

「ありがとうございます。おなか空きませんか」

「少し空いてきたみたい」

陰で聞いていて、そんななんでもない会話を、普通に交わしていることが嬉しくてなりませんでした。

若いヘルパーさんと、その人が育てている赤ちゃんのことを話していることもありました。

「こういうお仕事しながら子育てって、大変でしょうね」

「でも、子育てのほうにスケジュールを合わせてもらえるので、ありがたいんですよ」

子育てをとうに終えた母と、いま子育て中の母親としてのヘルパーさんの会話は、なんでもない内容なのに、心に染み入るものでした。

ヘルパーさんは介護事業の中では、まず被介護者に最も近い人たちです。脇で見ていても、ああ、赤の他人によくそこまでやさしくしてくれると、胸いっぱいになることが、しばしばありました。

裏腹に、血のつながった親族にもかかわらずひどいのがいる、という実例を聞いたこともあります。

突然に見舞いに押しかけてきて、おためごかしにあれこれ介護に口をはさんでくる、それだけならまだしも、ちょっと座を外しているとその辺の物を平気で持ち去る、そういう親族を持つ人の苦衷を聞かされたのです。

見舞いと称して死期をうかがいに来て、遺産の一部でも先に分けてくれと強要する親族に、「ハゲタカやハイエナだって死体にたかる、お前らはハゲタカやハイエナにも劣る」と怒鳴りつけた人がいるという、無残な噂を聞いたこともあります。

こんなおぞましい親戚は例外中の例外でしょうが、親兄弟のようなやさしい気遣いのあるヘルパーさんたちの、家族的な思いやりに、心底から感謝している介護家庭は少なくないでしょう。

本当に、このような介護記を書いていて、まず記しておきたいと思うのは、ケアマネージャーさん、ヘルパーさんたちの働きのことです。

家族でなければできないようなことをやっていただける、一緒に心配してくれる方々には、本当に足を向けて寝られない思いがあります。

贈り物はしてはならない決まりがあるそうですが、なにかいい物を他所からいただいたときには、それこそ親類縁者にお裾分けをしたくなるような気持で、こっそり贈らせてもらいたくなったものでした。

医療のことは主治医に相談しなければならないのですが、もう少し身近なことでは、訪問看護師さんが本当に頼りになる存在です。

週二回、摘便をお願いしなければならない私としては、遥かに年下の人をつかまえて失礼な話かもしれませんが、姉のように頼っていました。

摘便は痛い、苦しいものらしいのです。母は介護施設にいるころ、初めて摘便を受けて「二度といやだ、思うだけで死にたくなる」と言ったことがありました。

自宅に帰って、トイレまでも歩けなくなってから、訪問看護師さんに摘便をお願いしなくてはならなくなりました。

私は母の苦痛を思い、部屋の外にたたずんで、おろおろしていました。苦痛の声を聴いて、こっちの胸に生ずる苦痛によって、母と思いをともにしようと目論んだのでした。

ところが母は声を上げませんでした。

看護師さんに呼ばれて部屋に入ると、母のすっきりした顔がありました。

痛くはない摘便をしてもらえたようでした。

私は介護施設での母の言葉と、一夜にして状態が急変したあとの看護師の、母への粗雑な扱いを思わずにはいられませんでした。

家に来てくれる看護師さんは二人いて、二人ともとても優しい方でした。介護施設の「二度といやだ」という摘便を母に施したあの粗雑な看護師さんも本当は優しい方なのかもしれません。おそらくハードすぎる仕事量につい粗雑な看護をしてしまったのだろうと思います。


訪問療法士さんも、ありがたい存在でした。

飾って言うのではなく、本当に家族的心情と感謝を、この人たちに感じたものです。

ただ……。

ヘルパーさんたちの仕事は三十分ときめられているようでしたが、たいていは二十五分くらいでやってくれていたようです。

彼女たちはまた次のヘルプしてやらなければならない人のために車を走らせて行かねばならないのです。三十分の中に、次の介護を求めている家までの移動所要時間までも含まれているらしいのです。

もし彼女たちの介護がふと手薄になるようなことがあったとすれば、これは移動時間までを一人の被介護者のために費やさなければならない、制度の問題でしょう。

ヘルパーさんを、だれか一人に決めてもらって、被介護者のたいていのことを知っているという状態だったら、本当にありがたいと考えたこともあります。

しかし、これはわがままというものだろうし、やってはいけないことかもしれません。一人の被介護者へのえこひいきの感情が、そこからは生まれてくるからでしょう。ヘルパーさんは、博愛の精神を持つことを要求される、尊い職業だと思います。

そういうヘルパーさんの中で、一人だけ、その人が来ると「外れ」と、がっかりした方がいたのです。

その方は、我が家のチャイムを鳴らしてから帰るまでの時間が、きっかり十五分でした。

そりゃあないだろう、と思いました。

家に入ってきて、まずは体温や血圧を測る、それだけでも五分はかかります。

それから、おむつを換え、清浄処置を施すという核というべき仕事のあと、記録を残さなければならないのです。

全部を十五分でやっつけるためには、超人的な能力か、不誠実さが必要だろうと、私は思いました。

しかし、難詰するわけにはいきません。

そのために、母への扱いがおろそかになったり、邪険なものになったら困ります。

私はそれとなくこの方と話し、彼女も自分の寝たきりの母親を介護しているのだという事情を知りました。

それではもう余計に文句はつけられません。

私の母への介護が少なくなっている分、ご自分のお母さんへの介護が増えるなら、それはそれでいいことと思いたいと考えました。

しかし、この女性に対しては他の家庭からクレームがついたのではないかと思います。

彼女はほどなく辞めたようです。

母には、状態のいいときには、新聞を見せたり、週刊誌を見せたりしました。

週刊誌を、半身を起こした母の前に置いたことがありました。

母が「ふふふ」と笑いました。

「なに？」

添えられた文字から、私は二人が高性能なエンジンに感心している場面だと思いました。

同じように覗き込むようにしている写真でした。

美人女優が、車のボンネットの中を覗き込んでいる、そのうしろから大物タレントが、

週刊誌の裏表紙の、車の宣伝でした。

「え？」

「この人、お尻を見ている」

けれども、母に言われてみると、確かに大物タレントは美人女優のうしろから、車では なく、お尻を見ているようなのです。

私のような見方では、なんの面白みもありません。母のような見方をしてこそ、破天荒 な行動で有名な大物タレントを、そこに並べる意味というか、面白みが湧いてきます。

新聞を見ていて、母が呟いたことがあります。

「なんでいまごろ胡耀邦が……」

記事を読んでいるようではありませんでした。あとで私が記事を覗いてみると、天安門 事件から二十数年後の回顧といった内容でした。

しかし、そういったことは厚い雲間から、ふと一筋射してくる日の光でした。

母は二十四時間のうち二十時間以上眠っている日が多くなってきました。覚めている数

時間も、食事や水分摂取のためのお茶をとるためで、その食事中にさえ眠ってしまうことがありました。

主治医やヘルパーさんが、母に自分の名前、季節、きょうは何月何日と尋ね、戸惑うことが多くなった母に、私の胸はしぼり上げられるように痛みました。

覚めているときはなるべくたくさん話そうと思って、私は母の枕辺に寄るようにしていました。

「きょうはお刺身にしようか」

「お刺身って、どんな味がするものだっけ？」

そんな問答がありました。

なんとかたじろがず、会話を続けようとしました。しかし、味の描写は難しいものです。百聞は一味にしかず、その日はマグロ、カツオ、アマエビ、ウニなどを揃えてみました。

「おいしい？」

一つ一つに、訊きました。

黙って、答えてはくれません。

味覚もさらに衰えてしまったようです。

食事を終えてみると、入歯に刺身がこびりついています。マグロの味にウニの味が重なっても、それを認識できないようでした。

にもかかわらず、ふと言うのです。

「あたしはもうどうしようもないね」

「そんなことはないよ」

「人間のすることがなんにもできなくなった」

そういう自分をわかっているということが、なお人間を保っている証拠だと、私は思いますが、それを言ってやっても慰めにはならないでしょう。

「人間でなくなっても、お母さんはお母さん。生きて、そういうふうに話してくれるだけで十分だよ」

そう言ってやるのも、私の胸の中だけのこと、自分だけの慰めなのかもしれません。とはいえ、本当にそう考えました。それというのも、気持が落ち込むような電話があったからです。

前に紹介した仲間Bからで、「母が脳梗塞を発症し入院した」という、胸を衝かれる報告でした。

先に述べた通り、Bは奥さんの手助けによってボケ始めた母親を介護していました。

Bの母は、私の母より十歳若いのです。

それにしても九十歳を越えていました。

救急車で担ぎ込まれた総合病院では、その日のうちに、病状が落ち着いたらすみやかに別のリハビリ病院へ移るよう、その候補病院を示された、ということでした。

「まあそれでなければどこの病院も老人でいっぱいになって、若い者は医療を受けられないことになってしまうだろう。仕方のないことかもしれないが……」

Bは温厚な男ながら、憤りを声に含んでいました。しかも、Bの母はその病院ですぐに脳出血も起こし、それまで覚束ないけれども保てていた意思の疎通も、まったく途絶えてしまったというのです。

「鼻から管を突っ込んでね、肺に酸素を送る、胃に栄養を送り込む、そうやってかろうじて生きてるんだ」

「入院してから脳出血を起こしたのか?」

「脳梗塞のための治療が、脳出血を起こしたというのが医者の言ったことだ」

「医者をとがめなかったのか?」

「できないよ。治療のためと言われりゃ、そうですかと言うしかないし、死んじまったのならともかく、生きていて治療を続けてもらわなきゃならないんだから」

私は自分の母のことを思いました。

医師に見せられた頭部のレントゲン写真、脳梗塞の患部から柳の枝のように下がる、灰色の影を思いました。

先述しましたが、母の脳梗塞での入院初期に、なにか医師のミスがあったことを、私は医師自身から告白されました。

そのとき私は、ミスの内容もよく理解できませんでしたが、このときになって、私の母にも同じことがあったのではないかと考えました。Bの母の場合にもやはり、過労死を招くような医師の労働の過酷さが、脳出血の原因だったかもしれません。

Bの母は、Bが顔を撫でてやって「お母さん、○○だよ、わかる？　○○だよ」と自分の名を耳元で言うと、にこっと頬をゆるめる、たったそれだけのことに息子との絆を残す状態になってしまったということでした。

私の母は、ときおりだけれどまだ話ができる日もありました。

がんばってくれている、と私は感謝せずにはいられませんでした。しかし、ひざ詰めで迫ってくる、重い気配も感じなければなりませんでした。

そして、さらに大きなショックと悲しみが、私に襲い来ました。

暮も押し詰まったある日、名古屋の仲間Aが死んだという報せを受けたのです。

実は、Aは数年前からガンを患っていました。

初期の肺ガンで、部位もそう難しいところではないから、手術すれば治る、と楽天的でした。

介護と配偶者のことを書いたところで述べたとおり、彼は妻を四十一歳で失っていました。再婚もせず、男手一つで三人の子供を育て上げ、独り暮らしをしていました。

笑顔でない彼が思い浮かべられないほど、穏やかな男で、人格もしっかりしていたためか、中京地方のある私立大学の事務長を勤め上げ、定年退職していました。退職後は、介護施設に出向いたり、外国人留学生のためのボランティア活動をしているということでした。

「介護福祉士の資格、取ったの？」

「いや、施設に行って、ただ老人たちの話し相手になるだけだよ」

私は、母を預けた介護施設のことを思いました。あそこで施設職員ではない者が立ち交じって、老人たちに接していたら……。

職員たちの老人への接し方は、いやでもおうでも優しくなるのじゃないか、と思いました。

介護福祉士の資格がなくても、一時間に一回老人たちを立たせ、血のめぐりを良くさせてやることくらいはできるでしょう。それだけでもエコノミークラス症候群のような疾病は防げるだろうと、私は思いました。

それよりもなによりも、ただ座らされて呆然と空《くう》を見ている老人に話しかけ、話し相手になってやる、そのことがいかに大事なことであるか、特にAのような人柄の者が、自分の母の介護と妻の看病を経て、その気持を込めて話し相手になってやったら……。

介護施設の内部を垣間見てきた私には、老人たちの至福の様子が、容易に想像がつきました。

「いいことしてるねえ」

「こっちも楽しいからね、いいことしてるなんて気持はないよ」

「楽しい？」

「大学生の相談に乗ってるときは、相手の将来というか未来に、ある程度は関わらなきゃならない、そういう責任感とか緊張があったけど、いまはただお喋り仲間だから、気は楽だよ」

「気が楽って話ばかりじゃないだろう」

「施設なんかにいても、頼りは金だよ。人生の最後にと握っていた七百万を倅に取り上げられて、泣いてたお婆ちゃんがいた」

「それでも、その話を聞いてくれる者がいるだけで救いになるんだろうね」

「いや、ボランティアとしては逸脱していたかもしれないが、おれはその倅に会いに行った」

「へえ」

一度も怒った顔を見たことのないAが、と私はむしろ怪訝な声音になったのではないかと思います。

「結構なマンションに住んでいやがってね、そのマンションを買うときにも、母親が自宅を売った金から何千万も出してもらってるんだ」

「七百万は返したのか」

「月五万円ずつ返す、年金もあるから十分だろうと言ったよ」

「五万？　そのお婆ちゃんは何歳だ」

「九十はとっくに過ぎている」

「七百万返すには十年以上かかる。百歳越えてしまうじゃあないか」

「むろん、それが狙いさ」

「胸が悪くなるな」

「ああ、世の中にゃ信じられないほど下司《げす》なやつがいるんだよ」

「で、泣き寝入りか」

「いや、そいつの会社の上司に会うと脅して、なんとか全額取り返してやった」

「サラリーマンか」

「会社も見る目はあるんだな。一応一流大学を出て、もうじき定年というのに、課長補佐かなんかで、部下の一人もいない窓際にいた」

「そういう汚いやつだと、君がお婆ちゃんの金を盗ると邪推したんじゃないか？」

「うん、だから友だちの弁護士を頼んで、しっかりと銀行通帳の管理をしてもらうことにした」

「よかったな」

「いや、後味が悪いよ」

Aの肺ガンは骨に転移したといいます。

抗ガン剤の副作用の苦しさを話してくれました。

しかし、なお一人暮らしを続けていました。

そして、また電話が来ました。

「老人ホームに入ったよ」

「どうしたんだ」

「一戸建ての一人暮らしは、家事で一日が終ってしまう。ここは上げ膳据え膳、楽だよ」

「しかし……」

いろいろ訊きたいこと、言いたいことがありましたが、Aは私の口に戸を立てるように、笑って言いました。

「部屋の番号がいいんだ、六〇五、老後」

けれども、そこには一ヵ月もいないで、また入院という報せが、近くに住む仲間の一人から来ました。

間もなくの訃報でした。

Ａには、介護について、ずいぶん助言をもらいましたし、それよりも悩み苦しみを聞いてもらえる、かけがえのない仲間でした。Ａは私の言うことを深々としたところで受け止め、底から響いてくる言葉で包み、支えてくれました。

私は呆然としました。これからこういう別れが増えてくるのだろうという思いがあり、自分の年齢を顧みて、自失していました。

エピローグ

お母さんは星になったんだよ。

私と母は正月を迎えました。

私には、日頃からおいしいものを送ってくれる、何人かの友人がいます。

最近では、私にというより私の母へという心遣いを含む贈り物になっていました。

超高級な蒲焼は、初めのころはお粥に刻み込んで、のちにはお粥とともにミキサーでペースト状にしたものを、母は喜んで食べていました。

高級ホテル特製のスッポンスープは、母の体力維持に貢献してくれたようです。

母が飲み切れなかった分は、私がいただき、介護に必要なスタミナを補給させてもらいました。

私は母の介護を始めるまでは、渓流釣りをやっていました。その仲間からは、尺イワナ、尺ヤマメが届きました。彼らはまた、釣りのシーズンオフには自然薯掘りの名人と化して、土の香りも高いやつを頂戴しました。

正月には、かなり高級なお節料理の三段重ねが、毎年届きます。

母がまだ歩けたときには、大晦日から三が日は友人の山荘を借り、そこにお雑煮の材料や、このお節料理を持ち込み、大吟醸やいいワインを、暖炉のぬくもりの中でいただくのが吉例でした。

しかし、この年はもう移動はできない状態で、自宅での文字通り「寝正月」ということになりました。

嬉しかったのは、母の頭脳が初日の出のようにはっきりしたことでした。

ここまでの数ヵ月で、母の頭脳はひと月のうち一週間ばかり澄み、残り三週間ばかりは朦朧とし、眠ってばかりいる状態でした。ノートに記録して、そのサイクルに気がつき、期待はしていましたが、実際「明けましておめでとう」という言葉を交わすことができたときには、本当にめでたい年が来たと思うことができました。

この元日、母は午前六時に水を二百cc摂りました。そして、はっきりと「鼻紙をちょうだい」と言いました。九時に、また水を百五十cc、それから朝食です。

お屠蘇代りに大吟醸酒を小匙一杯だけ呑んでもらいました。

スッポンスープでお雑煮を作りました。お餅は、普通のは無理なので、しゃぶしゃぶ用の薄いやつを溶けるまで煮ました。

お節の「一の重」から栗キントンと黒豆、「二の重」から鯛の包み焼、「三の重」からアワビの旨煮、それぞれを小型ミキサーに掛け、とろみを加えました。

母は甘いものがとても好きでした。

キントンに目尻が下がりました。

「黒豆は、昔お母さんが作ってくれたやつのほうが旨いね」

「あんたは甘いものを食べなかった」

「子供のころは食べたよ」

「黒豆も砂糖も手に入らない時代だったから……」

「サッカリンで甘くしたよね」

「あれは変な苦みがあった」

こんな内容の、この程度の短い会話でしたが、幸福な気持でした。

夕食はお節のロブスター、松前漬け、イカの明太子和えなど、話しながら楽しく食べられました。

「来年は、どこか温泉に行って、三が日は過ごそうか？」

「温泉？」

「伊豆長岡だったか、車椅子の人も温泉に入れる旅館があるんだよ」

「車椅子ごと？」

「いや、施設の風呂みたいに機械がお湯に入れてくれるようだよ」

「恥ずかしいから、あたしはいやだ」

「もっと良くなったらフィリピンに行こう」

「フィリピン？」

「日本で言えば軽井沢みたいなところに、引退した老人のための日本人町があるんだ。ブーゲンビリアが屋根を越すほどに伸びて、咲いている。掃除や洗濯なんかもしてくれる人がいて、上げ膳据え膳、しかも日本食なんだよ」

「狐をうしろ向きに馬に乗せたような話だねえ」

母が笑いました。

「狐をうしろ向きに馬に乗せたよう」は、母がときに使う古い成句をもじった表現で、信用がおけない突拍子もないことという意味です。私はいつも、その光景を思い浮かべては、どこか間の抜けた諧謔味に、笑っていました。そういう言葉を人々が使っていた時代を懐かしむような気分になれたものでした。

話しているうちに、私は本当に母をフィリピンに連れていくことを夢見ていました。自分が見飽きるほどだった、ボートの上から海底の小魚が見える、南の島のサンゴ礁の海を見せてやりたい、と思いました。

しかし、現実には、まさに狐をうしろ向きに馬に乗せたような夢でした。

母が万里の長城を登ったのは八十五歳のときでした。あのころだったら、いや九十歳でもまだグアムやサイパンなら、充分連れて行けたのに……。

後悔先に立たず!

しかし、墓に蒲団を着せるほどには遅れていない。いまからでもできることを後悔のないように、と改めて思った元日でした。

母は、三が日は食欲もあり、言葉もたくさん出してくれ、よい正月になりました。

四日には、お節にも飽きただろうと、朝食はパンにしました。豆乳で溶いて、半流動食にしたものです。それに温泉卵二個、大ぶりなトマトの四分の三くらいをジュースにして、添えました。

夕食はサバの味噌煮がメインです。

サバは母の好きな魚ですが、もう私の煮たものでは喉を通らず、口に入れただけでとろりと溶けるほど煮込んだレトルトパックを、通販で求めたのです。それに同じく通販のサムゲタン粥、スッポンのスープに白和えという献立でした。

頭脳の調子がいいときは、食も進むようでした。

しかし、そういう状態が一週間、そして続く三週間は朦朧期というのが、母の頭脳のサイクルになっていました。

一月の七日、朝食の前から、母の喉が呼吸のたびに「ゼロゼロ」というような音を立て始めました。気管支のところに痰がからんで、そんな音を立てるのです。

嚥下が巧くできなくなって、食べもの飲みものが食道から気管のほうに流れ込み、肺に入ってしまい、肺炎を起こします。

老人の死亡原因に肺炎が多いのは、このためなのです。

母が市立病院に入院中、痰がしつこくからんで、喉の切開などを医師から言われ、それを小さな看護師さんが簡単に除去してくれたことがあったことは、先に述べました。そのとき、私は看護師さんたちに手ほどきを受け、自宅にも痰の吸引器を備えつけていました。

痰の吸引は管を喉に突っ込まなければなりません。これが私は恐くてなりませんでした。管で喉を突いて破ってしまったら、と怖れていたのです。

けれども、「ゼロゼロ」を放置すれば肺炎に進んでしまうかもしれません。訪問看護師さんが来てくれる日ではありませんでした。私は意を決して、吸引を行いました。

幸い巧くいって、「ゼロゼロ」言わなくなりましたから、朝食にしました。しかし、食べさせている途中から「ゼロゼロ」が始まり、さっきより音が大きかったので、食事を中止しました。すると、「ゼロゼロ」が消え、食事を再開すると、すぐにまた「ゼロゼロ」が始まりました。食事は中止、補水液二百㏄を飲ませました。

母が食事を摂らないと心配でならなかったのは、栄養のこともさることながら、食後薬を飲ませなければならないからでした。脳梗塞の再発を防ぐため血液をサラサラにするのだという薬のほかに二種類、飲ませていました。食事をしないで薬を飲ませてはいけない、と思っていました。リハビリ病院の看護師さんが、食後と決められた服薬を食前にして平然としていたことに、私は腹を立てたことがあります。食物の後で摂るから薬が徐々に吸収されて、穏やかに効いてゆくのだろう、と考えていたからです。

薬のほかにはローヤルゼリーと高麗人参を飲んでもらいました。錠剤は喉につかえて飲めないので、杯いっぱいほどの水に溶かし、少しずつ口に入れてやっていました。

それらは若返りの効果もあるというふれこみのサプリメントですが、母の頭脳はまた朦朧期に入ってゆくようでした。

からだの調子も、一月の半ばあたりからははかばかしいものではなくなりました。夕食を食べている途中に吐いてしまったり、そうかと思うと、食事に全く手をつけず、気持が悪いと訴えたりしました。

母は元気なころも、ときどき胃を悪くしていました。

腹痛を訴えるので、おなかをさすってやったこともあります。すると、いつの間にか眠ってしまい、なんだか自分の子供を見ているような気がしてきたこともありました。

私が子供だったころ、おなかが痛いと母にさすってもらい、するといつの間にか痛みがなくなっていたものでした。おなかが痛くなくても、なんとなく甘えたいときは、痛いと嘘をついてさすってもらうことがあったのを思い出しました。

熱を計るときは、額をくっつけて計ってくれたものでした。それだけで熱が下がるようでした。

私が母の食事の内容を日々書き留めていたことは、先にも述べました。

私はいまこの文章を、そのメモを参照しながら書いています。そこには食事時間や内容とともに、母の言葉を書き留めたりもしていました。

「お母さん、ぼくがだれだかわかる?」

「＊＊」

「ああ、ありがとう」

「………」

「ご飯にしていい？」

「頼むよ」

交わした言葉が、これだけという日もありました。

いま読み返してみると、ただ朝昼晩の摂取水分量や食事内容を帳簿でもつけるように記してある、その行間から、なにかひしひしと迫ってくるものがあるのを感じます。けれども、当の日々には、私はそれを感じとることができなかったようです。そんな余裕がなかったのかもしれません。

一月二十四日、午前二時には、百五十ccの補水液を飲ませています。夏、炎天下でスポーツをする若者たちが、流れ出た汗の代りに飲む飲料が、老人用としても売られている、それでした。

すると、母の喉が「ゼロゼロ」と鳴り始めました。殿様ガエルが何匹も集まって鳴いているような音でした。

私はすぐに吸引を始めました。

午前七時、この日は日曜でヘルパーさんが来ないので、ちょっと早めですが、おむつを換えました。親指大の便が出ていました。

八時に、ローヤルゼリー入りの補水液百五十ccを飲ませ、朝食の支度にかかりました。

途中、ふと母のベッドわきに行ってみると、母の右の鼻の穴から白い小さな泡が出て、呼吸のたびに動いていました。「ゼロゼロ」という音もしていました。

あわてて支度をして、吸引を始めました。

吸引などで時間を費やし、朝食を始めたのは正午を過ぎていました。

ロールパンを豆乳とともにミキサーに掛けた主食に、トマトとアボカドをジュースにしたもの、それに温泉卵二個を用意してありました。

それらをスプーンで口に入れてやっていました。少しずつですから時間がかかります。

その間にいろいろ話しかけるのですが、答えはありませんでした。

あと一週間くらいの朦朧期のあとには、またはっきりとした受け答えをしてもらえると、そんな希望を胸に、一匙ずつ口元に運び、呑み込んだら、ちょっと間をおいて、次の一匙を用意していました。

そのとき、ふと母が呼吸をしていないような気がしました。

「お母さん」

反応しないのはここ数日来のことですが、なにか気配が違う、というより気配がありませんでした。

「お母さん、お母さん」

母はみまかっていました。

しばらく日を経てから、私は小さな泡を鼻から漏らすのは、心不全の兆候だと知りました。私の航海中に、母が最初に病院に担ぎ込まれたのは、心房細動によってであることを思い出しました。その後、不整脈や頻脈はあっても、心不全という三文字が医師、看護師から漏らされることはありませんでした。

心不全と言われれば、素人の私はすぐ死と結びつけて考えてしまいます。船の上で聞いたときも、不安にかられながら、母は死地を脱したのだと考えました。

心不全のことをもっと知っておくべきだったと、悔やみました。そうすれば、午前八時すぎに母の鼻から出た小さなあぶくを見たとき、直ちに救急車を呼び、そして命を助けることができたかもしれません。悔やんで悔やんで、悔やみきれないことでした。


母を喪って三ヵ月、私は放浪していました。

家にいたたまれなかったのです。

母の使っていたベッドはレンタルのものでしたから、返してしまいましたが、そのあとがぽっかりと空虚になって、その部屋に入れなくなりました。

二階の部屋で本を読んでいると、階下の台所辺りで物音がします。古家のきしみですが、二分の一秒くらいの間、「あ、母が台所にいる」という気持になっています。そして、「ああ、もう母はいないんだ」という、身をよじりたいほどの追慕と、絶望に駆られ、いたたまれないのでした。

あの酒屋のSさんは、長く介護した小姑が亡くなったあと、「お盆になると黒い大きな蝶が家の中に入ってくる」と言っていました。霊が帰ってくるのだと信じていました。

そういうことが信じられたら、どんなにいいだろうと思いました。

夜、外に出ると「あっ」と声を立てそうになるほど、たくさんの星が見えます。ひときわ輝きの強い星を見上げると、これまで南洋上で見た豪華と言いたいほどの星空よりも、身近な慕わしい気持になりました。母を亡くした幼児に、「お母さんは星になったんだよ」と慰めるセンチメンタリズムを、むしろ好ましいリアリズムのように感じるようになっていました。

そんな挙句の放浪でした。

途上、中国地方の山の中の旅館だったか民宿で、ぼんやりとテレビを観ていました。介護していた母親を殺し、執行猶予の処分を受けながら八年後に琵琶湖に入水自殺した、六十二歳の男の話が映し出されていました。

その男と母親の最後の会話が字幕に出ました。Sというのが男、Mというのが母親の言葉です。

S「もう生きられへんのやで。ここで終わりやで」
M「そうか、あかんか、××（男の名）一緒やで」
S「すまんな、すまんな」
M「こっち来い、わしの子や」

この会話から八年後、自殺したとき、男の遺書には「へその緒」を一緒に焼いてくれ、という文字があったといいます。

私は声が漏れ出ないよう、蒲団に首を突っ込んで、号泣しました。自分で蒲団を押さえて身をよじりました。

愛《あい》と憎《にく》しみ　奇跡《きせき》の老老介護《ろうろうかいご》

二〇一七年一一月一六日　第一刷発行

著者　阿《あ》井《い》渉《しょう》介《すけ》

発行者　鈴木哲

発行所　株式会社　講談社
〒一一二－八〇〇一
東京都文京区音羽二－一二－二一
電話　編集（〇三）五三九五－三五二二
販売（〇三）五三九五－四四一五
業務（〇三）五三九五－三六一五

印刷所　豊国印刷株式会社

製本所　株式会社国宝社

定価はカバーに表示してあります。　ISBN978-4-06-220830-7